KB101309

「인사도 할 줄 모르나요?

이래서 저레벨은 안 되는 거예요.」

금색의 섣울에서 온 힐러는,

어제 따시고 들었던 호인 백마도사였다.

NAME:> 유니스 Junis

「스테파니라고 해요 오늘은 잘 부탁드리겠어요.」

그 외모에서는 상상할 수 없는

우직한 인사에 츠토무는 어안이 벙벙했다.

라이브 던전!

...LIVE DUNGEON!...

3

공주와 폐인

[글] dy레이토 [ILLUSTRATION] Mika Pikazo

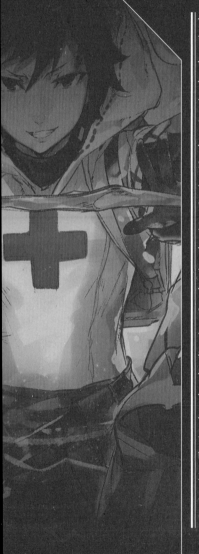

CONTENTS

뜻밖의 측면

솔리트 신문사의 날조 기사를 철회시키고, 마침내 럭키 보이의 악명에서 해방된 츠토무는 가름, 에이미, 카미유와 4인 PT(파티)를 짰다. 그리고 녹음이 펼쳐진 광대한 계곡이 특징적인 51층부터 공략을 개시했다. 그 목적은 50층에서 멈춘 에이미의 도달층을, 60층까지 끌어 올리기 위해서다.

"이제 플라이는 문제없구나."

"응. 이제 괜찮은 거 같네~."

'내 고생은 대체 뭐였을까.'

에이미는 계곡층의 신고식인 날치기 새 공중부유를 어려움 없이 극복해, 플라이 제어는 문제없다고 카미유에게 인정받았다. 플라이 제어에 고생한 츠토무는 그런 에이미를 보고 약간 토라져 있었다.

그리고 핵심인 전투도, 에이미는 경비단에 붙잡혀 있었지만, 움직임은 그다지 둔해지지 않았다.

"컴뱃 크라이."

"프로텍트, 헤이스트."

가름이 스피어 디어 네 마리와 버던트 울프 세 마리에게 붉은색

투기를 쏘았다. 그것에 이끌려 포효를 터트린 일곱 마리가 프로텍트를 부여받은 가름에게 접근하고, 헤이스트가 걸린 카미유와 에이미가 스피어 디어에게 다가갔다.

"으랴앗!"

카미유가 대검으로 스피어 디어의 뿔을 정면에서 받아내고, 힘으로 뿔을 잘라냈다. 통각이 있는 뿔이 부러지고 움츠러든 스피어 디어. 그 목으로 에이미가 미끄러지듯이 파고든다.

쌍검이 부드러운 목에 꽂히고, 에이미는 힘주어 비틀었다. 피를 쿨럭쿨럭 흘리며 스피어 디어는 바닥에 쓰러졌다.

곧바로 에이미는 원거리 스킬인 쌍파참을 스피어 디어의 등으로 날려 자신 쪽을 돌아보게 했다.

가름은 스피어 디어의 찌르기를 큰 방패로 막아내며 실드배시로 튕기고, 뒤이은 버던트 울프 세 마리의 돌진을 한꺼번에 받아냈다. 이어서 낮게 으르렁거리는 버던트 울프 세 마리와 힘겨루기에 들어갔다.

그러자 가름은 그 힘겨루기를 포기하듯이 힘을 빼고 뒤로 물러났다. 갑자기 약해진 반발력에 놀라 앞으로 비틀거린 버던트 울프의 머리로 큰 방패의 예리한 하부가 내리꽂힌다. 다른 한 마리의 동체를 차 날리고, 바로 머리에서 큰 방패를 뽑아 다시 들었다. 거기로 스피어 디어가 돌진하지만, 조금 몸이 떠오르면서도 견뎌냈다.

카미유와 에이미는 스피어 디어를 둘이서 순살하고, 가름에게 다시 달려들려는 버던트 울프를 격파. 가름이 큰 방패로 공격을 막고 있는 스피어 디어의 뒷다리를 카미유가 대검으로 잘라내고, 그 틈에 에이미가 달려들었다.

"바위 가르기 칼날."

스피어 디어의 두개골을 손쉽게 꿰뚫은 쌍검은 뇌도 관통했다. 그 치명적인 일격을 맞은 스피어 디어는 쓰러져 빛의 입자를 뿌렸다.

사라지는 동료를 돌아본 스피어 디어는 가름의 큰 방패로 머리를 얻어맞고 피리 소리 같은 비명을 터트리며 기절했다. 카미유가 대검으로 그 머리를 자르자, 스피어 디어는 빛의 입자를 두르며 몸이 사라진다. 그리고 툭 떨어진 무색 중마석을 에이미가 주웠다.

'한가하네~.'

츠토무는 들고 있던 하얀 지팡이를 내리고, 주변을 경계하며 마음속으로 중얼거렸다.

계곡에서는 경치의 전망이 나쁜 만큼 기습을 경계할 필요가 있지만, 전투가 장시간 지속되지 않는 한 그다지 연전을 벌이게 될 일은 없다. 가름이 적을 전부 유도하는 사이에 에이미와 카미유가 때로는 따로따로, 때로는 연계해가며 몬스터를 재빨리 해치우고 있다. 가름도 어지간해서는 무너질 일이 없어 츠토무가 한두 번 지원 스킬을 걸 무렵에는 전투가 끝나 있었다.

츠토무는 그런 것을 생각하며, 에이미가 던져주는 마석을 매직 백에 수납했다. 그리고 네 사람은 플라이로 떠올라 숲을 빠져나가, 카미유가 미리 찾아둔 검은 문으로 향했다.

이번에는 에미미의 도달층을 올리기 위한 던전 공략이므로 몬스터의 격파는 그다지 의식하지 않았다. 따라서 용화시켜서 헤이스트를 최대한 건 카미유를 시켜서 검은 문을 먼저 찾고 있다.

그리고 4인 파티의 연계에 적응하려고 한두 번 싸운 뒤에는 바로 플라이로 숲을 빠져 나가 다음 층으로 나아가고 있었다. 55층까지인 계곡에서 하늘을 나는 몬스터는 날치기 새와 때때로 출현하는 와이번 정도다. 따라서 공중에서 검은 문으로 향하면 거의 몬스터와 싸우지 않을 수가 있다.

그것을 반복해 정오가 지날 무렵에는 계곡을 어려움 없이 돌파하고 56층 협곡에 도착했다. 먼 곳을 보듯이 손바닥을 눈 위에 올리고, 우뚝 솟은 절벽을 바리보고 있는 에이미. 그런 그녀를 곁눈질하며 츠토무는 점심 준비를 하기 시작했다.

커다란 슬라임 매트를 바닥에 깐 츠토무는, 이어서 접이식 낮은 테이블을 꺼냈다. 그리고 지면에 다리가 셋 달린 마도구 풍로를 설치했다. 불의 마석을 아래에 장착하고 무색 부스러기 마석을 몇 개 넣자, 불의 마석이 붉게 빛나며 풍로에서 가늘고 긴 불이 피어올랐다. 거기에 석쇠를 올린 뒤에 포토푀가 들어 있는 냄비를 올려놓고 끓을 때까지 기다렸다.

카미유와 에이미는 츠토무가 준비하는 모습을 지켜보며, 둘이서 슬라임 매트의 감촉을 즐기듯이 무릎을 세우고 앉아 몸을 흔들고 있다. 그 모습을 보고 왠지 두 사람이 부모 자식 같다고 츠토무는 생각하며, 혹시 몰라 주변에 적이 있는지 봐 달라고 부탁했던 가름이 돌아온 것을 확인했다.

"보이는 범위에는 없었다."

"그런가요. 감사드려요."

"음…… 좋은 냄새다."

지난번에 츠토무가 미실에게 농님으로 말했던 것을 아직 기억하고 있는지, 가름은 툭하면 요리를 칭찬하게 되었다. 벌써 냄새가 날 정도로 끓었나 하고 츠토무는 속으로 생각하며 무색 부스러기 마석을 집게로 꺼내 화력을 조절했다.

낮은 테이블에 모두의 머리 색을 기준으로 구분된 컵을 놓고, 츠토무는 피처에 든 보리차를 따랐다. 카미유는 빨간색, 에이미는 흰색, 가름은 푸른색이 섞인 검은 머리라서 남색이다. 자신의 검은색 컵에 보리차를 따르고 한 모금 마신 츠토무는, 냄비의 내용물을 휘젓고 그릇을 준비했다.

솔리트 신문사의 사죄로 츠토무의 악평은 자취를 감추고, 이전에 이용하던 가게에서는 다양한 사죄를 받았다. 그리고 여관과도 화해한 덕분에 그 뒤로 츠토무가 요리를 만들지 않더라도, 그곳의 요리 담당에게 돈을 지불하고 부탁하면 요리를 만들어 주었다. 딱히 요리를 좋아하는 것도 아닌 츠토무는 아침에 일찍 일어나는 것이 싫어, 그 요리 담당에게 포토푀의 레시피를 알려주고 받아오고 있었다.

평소보다 건더기 종류가 많은 포토푀를, 츠토무는 국자로 휘저어가며 데웠다. 가름과 카미유가 미리 식기와 빵을 준비해서, 츠토무는 감사를 전하며 그릇에 포토푀를 담기 시작했다. 표고가 높은 탓인지 조금 쌀쌀하게 느껴지는 협곡. 그곳에서 먹는 따뜻한 음식은 평소보다 맛있게 느껴져, 츠토무는 식사 시간을 상당히 기대하고 있었다.

'등산부의 아키야마가 한 말은 사실이었구나~.'

대학 등산 동아리에 들어가서 츠토무에게 등산을 열성적으로 권유했던 친구 아키야마. 그가 산 위에서 먹는 컵라면은 맛있다고 자꾸 주장했던 것을 떠올린 츠토무는, 돌아가면 함께 가 볼까 생각했다.

식사 준비를 마치고 보니 에이미가 이제나저제나 하고 기대하는 기색으로 앉아 있었다. 츠토무가 "드세요."라고 말하자, 곧장 빵을 물어뜯고 포토푀에 들어 있는 감자를 스푼으로 건져 올렸다. 츠토무도 양손을 맞댄 다음 포토푀에 손을 댔다.

이 세계에는 익숙한 식재료가 많지만, 그중에는 츠토무가 본 적이 없는 수수께끼의 음식물도 존재한다. 그런 식재료가 조금 들어간 포토푀를 신선하게 생각하며 먹기 시작했다.

"음, 역시 츠토무가 만든 포토푀는 맛있군."

"어, 이거 직접 만든 거야? 츠토무 굉장하네!"

"아하하……."

가름이 불쑥 말하자, 에이미도 그 말에 찬동하며 식사를 이어갔다. 츠토무가 어색한 듯 웃자, 카미유가 노골적으로 한숨을 쉰 뒤 스푼을 테이블에 내려놓았다.

"츠토무. 이것은 정말로 네가 한 포토푀냐?"

"…………."

그 지적을 듣고 가름이 조금 당황하며 포토푀로 시선을 내렸다.

"건더기의 양과 종류가 갑자기 늘었고, 무엇보다 소금의 양이 조금 많다. 지금까지의 통일된 간과는 세세한 부분에서 전혀 다르다. 혹시 다른 사람에게 만들게 한 것이 아니더냐?"

"용케 아셨네요. 별로 차이가 없다 싶은데요."

카미유의 상세한 지적에 츠토무가 맛을 확인하듯이 포토푀를 먹어보자, 그녀는 자신의 추측이 맞았다는 것에 안심하고 싱긋 웃었다. 옆의 에이미는 질책하는 듯한 눈길로 가름을 바라보고, 그런 가름은 절망한 것 같은 표정으로 고개를 떨구고 있었다.

"요리에는 나도 자신이 있으니 말이다."

"헤에~. 대단하시네요."

"후후후. 다음에는 내가 점심을 만들어 올까? 다음에는 우리 집으로 와서 매직백에 수납해 가라."

"오, 정말인가요? 그건 고마운 일이네요."

"그렇다면 나도 포토푀를 만들어 보마. 다음에 레시피를 직접 가르쳐 주러 오지 않겠느냐?"

"예. 좋아요."

서로에게 싱글거리며 요리 이야기를 꽃을 피우는 두 사람을 보고 에이미는 마음에 들지 않는다는 표정으로 포토푀를 먹었고, 가름은 사과할 타이밍을 놓치고 약간 눈을 떨고 있었다.

에이미는 요리를 거의 한 적이 없었기 때문에 두 사람의 대화에 끼어들지 못하고, 그 짜증을 드러내듯이 금방 식사를 끝마쳤다. 그리고 협곡의 모습을 보고 오겠다고 말하고는 장비를 갖추고 가버렸다.

그런 에이미의 모습을 보고 카미유는 저도 모르게 웃으며 식사를 마치고, 식기를 정리하기 시작했다. 츠토무도 그 뒤에 다 먹은 식기를 물에 헹군 뒤에 매직백에 수납했다.

그 뒤로 15분 정도 짧은 휴식을 취하기로 한 츠토무는, 어째선지 전력으로 주변을 뛰어다니던 에이미를 불러들여 넷이서 이야기를 나눴다.

"일단 지금까지는 아무런 문제도 없었다 싶은데, 여러분은 어떠신가요?"

"딱히~? 나는 없으려나?"

"나도 없군."

"나도다."

"끝나버렸네. 뭐 확실히 순조로움 그 자체였으니까요."

츠토무는 세 사람의 말에 풀썩 어깨를 떨궜다. 확실히 계곡에서의 전투는 아무런 문제 없이 진행되어서 반성할 점은 없었다. 한번 연전을 하게 된 적이 있었지만 어려움 없이 넘겼기 때문에, 협곡에서도 그다지 문제는 없으리라고 츠토무도 느끼고 있다.

"어디 보자……. 에이미는 협곡 몬스터를 대체로 알죠?"

"응. 1번대(臺)에서 잔뜩 봤으니까. 대략 알고 있어."

"그럼 문제없으려나……. 아, 와이번 꼬리의 마비독에는 주의해 주세요. 특히 날고 있을 때 맞으면 플라이 제어도 할 수 없게 되니까 공중에서는 되도록 맞지 않도록 하세요."

"응, 알았어~."

"뭐, 나머지는 실전에서 익히도록 할까요."

에이미의 가벼운 대답에, 츠토무는 안심한 것처럼 웃고 그렇게 답했다. 원래 셋이서도 넘을 수 있었으니까, 에이미가 추가되면서 부담은 더욱 줄어들었다.

이야기가 끝나 시원한 슬라임 매트에 드러누운 츠토무는, 양손을 위로 올리고 몸을 뻗었다. 그 뒤에 에이미가 매트를 말아 츠토무는 애벌레 꼴이 되고 말았다.

다가오는 계약기한

그런 느낌으로 손쉽게 57층까지 도달한 츠토무 일행은 금방 길드로 귀환했다. 츠토무는 신대에 나오는 알도렛 크로우의 즉석 파티를 따뜻한 눈빛으로 바라보며, 카운터에서 스테이터스 갱신을 마치고 보수 분배를 완료했다.

"츠토무. 가지 않겠느냐?"

"아, 죄송해요. 오늘은 좀……."

슬쩍슬쩍 술잔을 기울이는 동작을 보이며 제안하는 카미유에게 츠토무는 양손을 마주해 사과하며 거절했다. 아쉬워하는 카미유가 어깨를 떨구자, 그 옆에서 에이미가 불쑥 튀어나왔다.

"그럼 나랑 물 만난 물고기 식당에 가자!"

"아니, 카미유라서 거절한 게 아니에요. 카미유를 싫어하는 게 아니니까요."

"그, 그렇구나."

조금 쑥스러운 듯이 입을 다물고 붉은 앞머리를 걷어낸 카미유를 본 뒤, 에이미는 뺨을 크게 부풀렸다. 츠토무는 에이미의 질책하는 듯한 시선을 받고 일단은 머리를 숙였다.

"저는 슬슬 짐 정리를 준비해야 하니까요. 그러니까 오늘은 죄송해요. 그럼 고생하셨어요. 내일 또 같은 시간에 봬요."

아마도 이 파티라면 그리 머지않은 시일 내에 화룡을 토벌할 수 있으리라고 츠토무는 이미 계산이 섰다. 이 파티의 계약기한은 다시 화룡을 토벌할 때까지이니, 길드 기숙사에서도 나갈 준비를 해야만 한다.

가름과 함께 걸어가는 츠토무의 뒷모습에 에이미는 손을 뻗으려 했지만, 카미유가 가만히 말려 바로 팔을 내렸다.

"가끔은 둘이서 마시러 가지 않겠느냐?"

"물 만난 물고기 식당. 쏘는 거야."

"알았다, 알았어."

에이미의 부푼 뺨을 손가락으로 눌러 공기를 뺀 카미유는 적당히 대꾸하고 물 만난 물고기 식당으로 향했다. 그리고 걷기 시작한 카미유를 에이미는 뒤에서 따라갔다.

"상당히 오랜만 아니야? 둘이서 어디 가는 거."

"요새는 바빴으니 말이다~. 덕분에, 지금은 좋은 휴가가 되어주고 있지. 오랜만에 던전에 들어갔는데, 역시 좋더구나."

카미유는 기분 좋은 듯이 기지개를 켜고 에이미를 돌아봤다.

"에이미는 어떠냐? 요새는 특히 즐거워 보이던데. 탐색자로 복귀하고 싶어졌느냐?"

"글쎄, 어쩌려나."

에이미는 그 질문을 얼버무리듯이 시선을 돌렸다.

공략이 막혔다는 명목으로 클랜이 해산하고, 그 뒤에는 자신만 따돌리고 다시금 클랜을 결성했다는 경험을 겪고 나서, 에이미는 탐색자로 활동을 할 수 없게 되었다.

　그 뒤로도 대형 클랜에서 권유는 여러 번 있었다. 하지만 또다시 동료가 자신의 인기를 의식하거나 또 배신당할지도 모른다고 생각하니, 에이미는 두려워서 파티를 만들 수 없게 되었다.

　하지만 그건 럭키 보이로 유명해진 츠토무와 파티를 해 보면서 서서히 풀려 갔다. 처음에는 누구와도 파티를 만들지 못하는 츠토무를 동정한 것이었지만, 독자적인 이론을 도입해 엄청난 기세로 도달층을 경신하는 모습을 보고, 그 감정은 존경으로 바뀌었다.

　게다가 츠토무는 미궁도시에서 가장 유명하다고 해도 과언이 아닌 자신도 일개 공격수로 대해 주었다. 노도와 같은 도달층 경신에 이은 셸 크랩 돌파 같은 일도 있었지만, 에이미에게는 그것이 가장 비중이 컸다. 원래 있는 영향력을 일절 무시한 츠토무의 평가는 매우 마음이 편했다.

　"아니, 난 길드 직원이니까."

　츠토무와 함께라면 파티를 만들 수 있을지도 모른다. 그런 마음이 생겨나기 시작한 것은 에이미도 깨닫고 있었다.

　하지만 그런 에이미의 어찌할 수 없는 마음을 카미유는 눈치채고 있던 것인지, 상냥한 웃음을 띠고 머리를 쓰다듬었다.

　"길드 직원에서 탐색자로 복귀했던 전례는 얼마든지 있다. 물론 지금 당장 그만두게 할 수는 없지만, 에이미가 하고 싶은 일을 하면 된다."

　"뭐, 뭐야. 애가 아니니까 하지 말라고!"

　과장되게 카미유에게서 떨어지고 자신의 머리를 누른 에이미는, 위협하듯 소리쳤다. 조금도 무섭지 않은 그 위협에 카미유는 껄껄 웃고는 물 만난 물고기 식당을 가리켰다.

"뭐, 자세한 이야기는 가게에서 듣도록 할까?"

"제일 비싼 걸 시켜 주겠어~."

다 이해한다는 듯한 표정을 짓는 카미유를 보고, 에이미는 시원스러운 걸음으로 물 만난 물고기 식당으로 향했다.

▷▷

에이미와 카미유가 물 만난 물고기 식당으로 향하고 있을 무렵. 길드 기숙사로 돌아온 츠토무는 가름에게 문을 열어 달라고 부탁하고 방으로 들어가 서둘러 정리를 시작했다. 방 내부는 건드리지 않았지만, 일용품과 던전에 관한 메모지 등은 많이 놓여 있다. 츠토무는 우선 메모지 정리에 착수했다.

이 기숙사에 그다지 오래 머물렀던 것은 아니지만, 그래도 츠토무가 기록한 메모지는 상당히 많았다.

문명부터 다른 이세계. 게임, 인터넷, TV처럼 츠토무가 즐길 수 있는 것은, 신대의 라이브 방송밖에 없었다. 따라서 츠토무는 한가할 때는 거의 라이브 방송을 보고 메모를 적었다. 그것은 100층 공략을 위해서이기도 하지만, 대부분은 오락이 목적이었다.

신대는 길드와 도시를 합치면 100개 가까이 있다. 1번대부터 10번대는 공략층 순서로 늘어서 있기 때문에 단골인 대형 클랜이나 중견 클랜이 나오는 경우가 많고, 계곡이나 협곡일 때가 많다.

10번대 이하는 중견 클랜이 많고, 황야니 늪이 나오는 경우가 많다.

그 다양한 신대를 츠토무는 질리지도 않고 보고 돌아다녔다. 게인과 같으가 싶으면, 다른 행동을 취하는 몬스터의 정보. 스킬 운용에도 사람에 따라 차이가 생기고, 그 사람들이 무엇을 생각하고 스킬을 썼는지 등을 추측하는 것은, 츠토무에게는 좋은 오락거리가 되어 주었다.

몬스터의 소재를 사용한 최고급 종이에 정성스럽게 적힌, 츠토무가 보고 들은 던전의 정보. 그 메모지를 전부 정리한 츠토무는, 이어서 일용품을 정리하기 시작했다.

옷은 상당히 비쌌지만, 매일 같은 옷을 입는 것은 싫어서 가름에게 귀족이냐는 소리를 들을 정도로 옷을 사들였었다. 처음에는 모든 옷이 뻣뻣해서 입기 불편했지만, 다행히 몬스터의 소재를 사용한 옷이라면 착용감이 좋아서 그것을 중심으로 사 모았다.

따라서 일용품 중에서도 옷이 가장 많아서 츠토무는 부지런히 옷을 개고 바구니에 담는 것을 반복하고 있었다. 매직백 안은 이미 던전 관련 도구와 장비로 가득했고, 길드 창고에 물건을 맡기려고 해도 양에 따라 돈을 내야만 한다.

돈은 솔리트 신문사의 배상금으로 상당히 여유가 있지만, 츠토무는 자신이 조금 고생해서 절약할 수 있다면 고생을 택하는 성격이었다. 대량의 옷을 전부 정리한 츠토무가 한숨 돌리고 있자, 문을 두드리는 소리가 났다. 문을 여니, 커다란 종이봉투에 담긴 대량의 노점 요리를 껴안고 있는 가름이 있었다.

"대충 사 왔다. 슬슬 저녁을 먹도록 하자."

갠 옷이 담긴 바구니를 옆에 내려둔 츠토무는 가름을 따라갔다. 문 앞에서 뒤를 돌아 꼬리로 문손잡이를 돌린 가름은, 커다란 종이봉투를 안은 채로 거실로 들어갔다.

낮은 테이블 위에 종이봉투를 놓은 가름은 바닥에 조용히 앉고는, 종이봉투를 뒤적여 과자 빵을 먹기 시작했다. 츠토무도 종이봉투를 뒤져 좋아하는 꼬치구이를 발견하고는 그것을 먹기 시작했다.

잠시 동안 노점 요리를 먹는 소리만이 넓은 거실에 울렸다. 단단한 고기를 물어뜯고 삼킨 츠토무는, 가름이 음식물을 삼킨 것을 보고 말을 시작했다.

"오늘도 과자빵이네요."

"음. 신작이라는 모양이다."

"여전히 잘 먹네요. 보기만 해도 속이 더부룩할 것 같아요."

별로 표정도 바꾸지 않고 종이봉투에 손을 넣고 덥석덥석 과자빵을 먹는 가름. 민중에게 상당한 인기가 있는 과자빵은 줄을 서지 않으면 손에 넣을 수 없지만, 가름은 그것을 고아들에게 줄을 서게 해서 사고 있었다.

그것만 들으면 가름의 위압적인 얼굴과 더해져 고아를 억지로 부려먹는 것이 아닌가 싶을지도 모른다. 하지만 가름은 고아들에게 줄을 서게 하면서, 거스름돈을 넉넉하게 남겨주고 있다. 말하자면 심부름 같은 것이다.

장신에 근육질인 몸은 연비가 나쁜 것인지, 가름은 먹는 속도가 빠르다. 과자빵 일곱 개를 날름 먹어치운 가름은 다시 종이봉투로 손을 넣었다. 이미 익숙한 그의 먹성에 츠토무는 꼬치를 꺾어 봉투에 넣으며 쓴웃음 지었다.

"아, 저는 그만 됐어요."

"그렇군."

츠토무가 꼬치에 꽂힌 햄버거를 꺼낸 뒤에 가름에게 그렇게 말하자, 그는 종이봉투의 내용물을 확인하고 형형색색의 야채 샐러드를 우걱우걱 먹기 시작했다.

가름은 기본적으로 말수가 적고, 식사 중에는 대체로 말이 없다. 그 사실을 여기로 오고 첫날에 이해한 츠토무는, 배려해 주자 싶어 이틀째 식사 중에는 말을 하지 않았던 때가 있었다.

하지만 기본 무뚝뚝한 얼굴로 희로애락을 보이지 않는 가름이지만, 개 귀와 꼬리로 대체적인 기분을 알아챌 수 있는 부분이 있었다. 츠토무가 말하면 커다란 꼬리가 옆으로 파닥파닥 움직이고, 말하지 않으면 잠잠하다. 알아보기 쉬웠던지라 츠토무는 그다음부터는 식사 중에 말하지 않는 것을 그만두었다.

"내일은 조금 더 사냥하고 싶네요. 제 레벨이 슬슬 45가 될 것 같거든요."

"음."

대답은 무뚝뚝했지만, 뒤의 꼬리는 파닥파닥 흔들려 바닥을 때리고 있다. 조금 더 붙임성이 좋아진다면 모두 다가가기 쉬워지지 않을까 생각하며, 츠토무는 테이블의 쓰레기를 모았다.

그 뒤에 츠토무가 방에서 내일 던전 탐색 준비를 하고 있자, 목욕

하러 들어간 가름이 목욕 타월을 머리에 걸치고 들여다봤다.

"정리는 이제 끝났나?"

"예. 일단은 언제라도 여기를 나갈 수 있도록 해두었어요."

"그렇군……."

그 말을 듣고 가름은 무표정을 유지한 채로 얼굴을 빼고, 남색 꼬리를 늘어트리며 거실로 돌아갔다.

▷ ▷

"우에엑……."

"…………."

다음날. 집합시간에 에이미와 카미유가 한 시간 넘게 늦어 아무리 그래도 걱정이 된 츠토무는, 길드 기숙사로 향했다. 그리고 우선은 에이미 방의 초인종을 울렸다. 그러자 문에서 나온 것은 수면 부족으로 눈 밑이 까맣고, 숙취로 얼굴이 파랗게 질린 에이미였다.

사람들 앞에 내보일 수 없는 몰골인 에이미를 보고, 츠토무는 등에 멘 매직백에서 숙취에 효과가 좋은 약을 꺼내주었다.

"숙취인가요? 이걸 드세요. 잠시 쉬었다가 길드로 와 주세요."

"우읍……."

말할 여유도 없는지 츠토무에게 그 약을 받고 에이미는 문을 쾅 닫았다. 어제 해산한 뒤에 카미유와 여자끼리 수다를 떨면서 흥이 올라 날이 샐 때까지 술집을 돌아다닌 에이미. 참고로 카미유도 에이미의 방에서 함께 뻗어 있었다.

"그냥, 저 녀석은 이대로 버리고 가는 것이 좋지 않을까?"

"뭐, 길면 한 달은 이 파티 계약이 이어질 테니까요. 느긋하게 가도록 해요."

"그렇군……."

숙취로 집합시간에 늦은 에이미에게 독설을 퍼붓는 가름에게 태평한 표정으로 답한 츠토무. 가름은 츠토무의 파티 계약이라는 말을 듣고 개 귀를 힘없이 늘어트렸다.

그리고 두 사람이 자고 있어 오지 않는 사이에, 츠토무는 가름과 함께 길드나 도시를 어슬렁거렸다.

츠토무는 길드 게시판에 난잡하게 붙어 있는 임시 파티 모집, 흔히 말하는 막공 파티의 모집문을 탐색자 사이에서 확인했다.

클랜 소속이 아닌 사람이나 초보 탐색자가 이용하는 파티 모집 게시판에서는 아직 화력을 낼 수 있는 JOB(직업) 한정의 파티 모집이 많다. 알도렛 크로우라는 대형 클랜이 최근 츠토무의 파티 구성을 시험하고 있다고는 해도, 아직 눈에 띄는 결과는 나오지 않았다. 게다가 다른 대형 클랜 두 곳은 여전히 화력 지상주의였다.

신참 탐색자들은 대체로 터무니없는 크기로 눈에 띄는 1번대를 보고서 들어오는 사람이 많으므로, 초심자 영역의 사람들은 대형 클랜의 영향을 받기 쉽다. 따라서 초심자 영역 힐러의 지위를 향상시키려면 우선 대형 클랜이 츠토무의 파티 구성에 흥미를 갖게해, 눈에 띄는 상위 신대에서 실제로 시도해 주어야만 한다.

흥미를 갖게 하는 방법으로는 역시 실제로 1번대에서 그 파티의 유용성을 보여주는 것이 가장 빠르다. 두 번째 화룡 공략. 이번에는 제대로 관중에게 시간을 맞춰 시행할 예정인 화룡 공략을 성공하면 적어도 대형 클랜인 금색의 선율이나 알도렛 크로우는 살피러 올 것이다. 그리고 두 클랜에 츠토무의 파티안을 가르쳐 주고, 한 자릿수 대에서 그것을 잡히게 한다.

그렇게 함으로써 한 자릿수 대에서 딜러가 아닌 직업이 노출되는 일이 늘어나고, 초심자 영역의 의식도 점차 바뀌어 가게 될 것이다. 따라서 화룡 공략 뒤에는, 우선 알도렛 크로우나 금색의 선율과 접촉을 시도해볼 예정이었다.

흑마단은 이미 화룡을 넘어 4딜러 1힐러 하나의 구성으로 63층을 갱신하고 있었다. 일단 접촉을 시도해 보겠지만, 흑마단에는 그다지 기대하고 있지 않았다.

흑마단은 실제로 저 구성으로 화룡을 돌파했다. 힐러를 쓰고 버리는 것은 마음에 들지 않지만, 그것은 어디까지나 츠토무 개인의 의식. 만약 힐러가 자신의 의지로 하고 있는 것이라면, 츠토무가 끼어들 여지는 없다.

'좋아서 하고 있을 리는 없을 텐데 말이야~.'

츠토무는 그런 생각을 하며 가름과 길드를 어슬렁거리고 있다 보니, 보지 못했던 게시판을 발견했다.

"가름. 이건 무슨 게시판인가요?"

"아아, 이것은 원정 의뢰로군."

"원정 의뢰요?"

"신의 던전 말고도 던전이 있는 것은 츠토무도 알고 있겠지? 이 것은 도시 바깥의 던전으로 가, 지정된 소재 채취나 몬스터를 사냥할 것을 의뢰하는 게시판이다."

"헤에……"

츠토무는 얼빠진 목소리를 내며 게시판에 붙어 있는 의뢰문을 둘러봤다. 하지만 그것들은 모두 모집일시가 상당히 지나, 오랫동안 방치된 것 같았다.

"보이는 대로, 의뢰의 소화율은 상당히 나쁘다. 어지간히 유별나거나, 미궁제패대 정도가 아니면 의뢰를 받지 않으니 말이지."

"뭐, 신의 던전이 있으니까요……."

죽음의 리스크가 있는 쪽과 없는 쪽, 어느 쪽을 골라야 한다면 선택은 뻔하다. 그 때문에 원정 의뢰는 상당히 묵힌 모양이다.

"미궁제패대라는 건, 클랜이죠? 신대에 나오는 기색은 없었는데……."

"지금은 마침 원정 의뢰로 나가 있다. 한동안은 미궁도시로 돌아오지 않는다는 모양이다."

"흐~응. 아, 이거 최근에 나온 거네."

그런 원정 의뢰를 둘이서 시간을 죽이며 보고 있자, 숙취에서 깨어난 에이미와 카미유가 다가왔다. 그리고 죄송스러워하는 두 사람에게 가볍게 말을 걸고, 츠토무 일행은 에이미의 도달층 경신을 위해 마법진을 통해 던전으로 전이했다.

완성된 파티

그리고 5일 뒤에는 4인 파티로 59층까지 공략을 달성했다. 그리고 오늘, 평소의 집합시간보다도 늦은 시간에 츠토무가 신대 앞으로 가자, 에이미와 가름은 이미 집합해 있었다.

가름은 새로 장만하고 익숙해지기 시작한 큰 방패를 등에 짊어지고, 항상 입는 은 갑옷을 입고 있다. 에이미는 바갑주에 허리에 있는 쌍검의 칼집. 그 쌍검은 몬스터의 소재를 사용해 만든 매우 날카로운 녀석으로, 3년 전부터 애용하고 있었다.

"안녕하세요. 준비는 된 모양이네요."

"음."

"당근!"

가름은 고개를 끄덕이고, 에이미는 한쪽 주먹을 치켜들었다. 기합이 충만한 에이미를 보고 츠토무도 만족스럽게 고개를 끄덕이고, 셋이서 카운터로 향했다. 카미유는 이번에 에이미를 배려한 것인지, 60층 공략은 사퇴했다.

카운터에서 스테이터스 갱신을 하고 셋이서 파티를 만들었다. 츠토무는 최근 5일 동안의 효율적인 레벨링 덕분에 현재 레벨이 45다. 그 덕분에 솜씨(DEX)와 정신(MND)이 한 단계 상승했기 때문에, 회복과 지원 스킬을 더욱 운용하기 쉬워졌다.

　가름은 65. 에이미도 60의 벽을 넘어 62로 올라, 민첩(AGI)과 완력(STR)이 한 단계씩 상승했다. 에이미는 화룡 대책을 겸한 연습으로 민첩, 완력 상승에 따른 각각 변화를 익혔기 때문에 문제없이 움직일 수 있다.

　"응."

　마법진 앞으로 세 사람이 향하자, 에이미가 츠토무를 향해 갑자기 손을 내밀었다. 츠토무는 한순간 뭘 하는지 알 수 없었지만, 바로 알아채고 미소를 지으며 그 손을 잡았다.

　"왠지 처음 시절이 떠오르네요."

　"츠토무, 처음에 무지 겁냈었지!"

　"그야~ 사람이 입자가 되는 걸 직접 본 적이 없었으니까요."

　왼쪽에 있는 가름에게 손짓을 하자, 그도 츠토무의 손을 잡았다.

　"하지만 지금은 반대네요. 어라? 이젠 안 잡아도 되지 않나요?"

　"심술은 좋지 않아."

　"아야야야야."

　에이미가 긴 편인 손톱을 세우고 힘을 주어 손을 잡아 츠토무는 얼굴을 찡그렸다. 토라져서 시선을 돌리고 손에서 힘을 뺀 에이미는 츠토무를 이끌어 마법진으로 들어갔다.

　"시간도, 이 정도면 된 거죠?"

　"응! 59층에서 검은 문을 발견할 무렵에는 딱 좋은 시간이 될 거야. 그보다, 지난번 시간대는 너무 심했어."

　"화룡 생각만 해서 머릿속에서 완전히 빠져 있었어요."

도끼눈으로 올려다보는 에이미를 보고 츠토무는 졌다는 듯이 머리에 손을 올렸다. 지난번 화룡전은 아침부터 시작해 저녁이 지날 무렵에 끝나서, 관중들 입장으로는 보기 힘든 시간대였다는 사실을 부정할 수가 없다. 화룡에 도전한다면 관중들이 보기 쉬운 저녁 이후에 가는 것이 상식이라고, 에이미가 입에서 신물이 날 정도로 말했다.

"그런 건 아직 잘 모르니까, 잘 지도해 주세요."

"음음, 그러하마."

거만하게 고개를 끄덕이는 에이미를 보고 츠토무는 쓴웃음 지은 뒤, 가름에게도 확인을 취한 다음에 앞을 돌아봤다.

"그럼, 59층으로 전이."

세 사람의 몸이 빛의 입자에 감싸이고, 그 자리에서 사라진다. 츠토무의 시야가 어두워진 뒤, 금방 적갈색 대지가 펼쳐졌다. 이어서 츠토무 일행 셋은 쿵 착지했다.

"좋아, 그럼 한 시간을 목표로 검은 문을 찾도록 해요. 플라이."

"다녀올게~."

플라이가 걸린 에이미는 공중을 붕 날아오르고는 멀리 사라졌다. 츠토무도 평소처럼 포션 관리를 시작하고, 가름은 준비운동을 했다. 그때 손톱자국이 남은 손바닥을 보고 츠토무는 쓴웃음 지었다.

요새는 녹색 포션을 거의 사용하지 않았기 때문에 바꿔 담는 것은 파란 포션뿐이다. 이것으로 벌써 절반 정도 썼나 하고 츠토무는 포션이 담긴 큰 병을 보고, 시험관 병으로 파란 포션을 옮긴다.

돌아온 에이미가 주위의 시형 정보를 밀하자, 츠토무는 우선 검은 문이 자주 발견되는 높은 곳을 가 보자고 제안했다. 포션을 받은 두 사람은 바로 동의하고 59층의 탐색이 시작되었다.

화룡 공략을 위한 작전은 이미 에이미에게도 전해서, 츠토무는 때때로 섬광과 브레스 신호를 보냈다. 에이미가 브레스라는 말을 듣고 반사적으로 움직일 수 있게 된 것을 확인하며, 츠토무는 섬광병을 아낌없이 사용해 연습했다.

그리고 마지막 연습을 거듭하며 검은 문이 자주 있는 두 곳을 돌아보았지만, 오늘따라 쉽게 발견되지 않았다.

"여기도 꽝인가~."

"오늘따라 쉽게 발견되지 않네요."

"어쩐지, 오랜만에 느껴보네~. 이런 기분."

그리고 의욕이 꺾이면서도 세 번째 장소로 향하는 도중, 가름과 에이미의 머리 위에 달린 귀가 이상을 탐지한 것처럼 움찔 움직였다.

에이미가 절벽에서 아래를 내려다보니 콩알처럼 작은 인영이 다섯 개에 와이번의 그림자가 네 마리. 그것은 금랑인이 이끄는 금색의 선율이라는 클랜의 1군 파티였다.

"윽, 아래에서 이쪽으로 오고 있어."

"신의 눈이 있으니, 몬스터 떠넘기기는 아니겠지만……. 일단 빨리 가도록 할까요."

"어쩌면 경쟁이 될지도?"

"그럼 서두르는 편이 좋겠네요."

츠토무 일행은 이곳까지 오기 전에 두 군데 정도 고지대를 돌아다녔고, 시간도 슬슬 한 시간을 넘겼다. 여기서 다른 파티에게 검은 문을 빼앗기게 되면 귀찮게 되니, 츠토무는 바로 위로 향했다.

"츠토무. 한 명이 이쪽으로 먼저 이동하기 시작했어. 확보하려는 거야. 나도 먼저 가도 돼?"

"그런가요⋯⋯. 그럼, 부탁드릴게요."

"맡겨둬~! 반드시 검은 문을 쟁취할 테니까! 아, 헤이스트 걸어줄래?"

"아, 죄송해요. 헤이스트."

검은 문은 파티 멤버 중 누군가가 열면, 소유권은 그 파티에게 넘어간다. 츠토무는 지금까지 검은 문 경쟁이라는 것을 해 본 적이 없었기 때문에 에이미의 판단에 따랐다.

에이미는 츠토무에게 헤이스트를 받은 뒤에 마른 입술을 핥고는 단숨에 가속했다. 민첩이 가장 높은 에이미가 진심으로 달려나가는 속도는, 츠토무가 깜짝 놀랄 정도였다.

하지만 금색의 선율의 클랜 리더인 금랑인은 원래 에이미와 민첩 스테이터스가 같지만, 그가 지닌 유니크 스킬로 민첩이 두 단계 상승해 있다.

츠토무와 가름을 단숨에 지나친 금발 남자. 몸이 뒤집어질 정도의 풍압이 몰려와 츠토무는 살짝 자세가 무너졌다가 금방 일어났다. 마치 금색 매처럼 지나간 남자를 보고, 에이미가 따라잡히겠다고 내심 생각하며 자기 속도로 정상을 향했다.

그리고 5분 정도 만에 츠토무와 가름이 절벽 정상에 도달해 한동안 달려가자, 자연 경치에 그림판으로 삽입한 것 같은 검은 문이 보였다. 그 근처에는 거친 숨을 몰아쉬며 바닥에 엎드려 있는 에이미. 그리고 금색 머리를 쳐올린 남자가 바위 위에 앉아 있었다. 그 남자는 츠토무와 가름을 보고 가볍게 손을 올렸다.

"져, 졌어. 에이미가 어느새 이렇게 빨라졌네."

"…………."

츠토무는 가볍게 말을 건 그에게 인사한 뒤, 바닥에 쓰러져 있는 에이미에게 달려갔다. 그 단시간에 이 정도까지 호흡이 흐트러진 것을 보면 에이미는 절벽을 오른 뒤, 여기까지 전력 질주를 했으리라고 츠토무는 생각했다.

"해, 해냈어, 츠토무…… 확보, 했어."

숨이 끊어질 듯한 기색으로 고개를 들어 츠토무에게 그렇게 전한 에이미는, 완전히 연소된 것처럼 풀썩 머리를 떨궜다. 그런 에이미에게 일단 메딕을 걸어준 츠토무가 일어나자, 금색의 선율 파티도 따라잡았는지 남자에게 달려갔다.

그리고 금랑인 남자가 웃으며 머리에 손을 올리고 검은 문을 놓치고 말았다는 것을 전하자, 다른 여성 파티 멤버들은 원망스러운 듯이 츠토무 일행을 바라봤다. 츠토무는 무섭다고 느끼며 숨을 가다듬기 시작한 에이미를 일으켰다.

'겨우 놀이에서 졌을 뿐인데, 어떻게 주위 사람들이 저런 눈으로 보는 건지.'

금색의 선율의 1군 파티는 이미 60층에 도달했기 때문에, 길드의 검은 문에서 직접 전이할 수 있다. 따라서 지금의 경쟁은 단순한 놀이였을 텐데, 금색의 선율의 여성 멤버들은 상당히 안 좋은 분위기를 내고 있다.

"잘해 보라고~!"

하지만 금색의 선율의 클랜 리더인 남자는 신경 쓰지 않는지, 경박하게도 들리는 목소리로 응원을 보냈다. 그리고 오늘은 이제 포기했는지 절벽을 내려가기 시작했다. 아무런 트러블이 일어나지 않아 츠토무는 안심하고 숨을 내쉬었다.

그리고 에이미가 숨을 가다듬고 츠토무가 정신력을 완전히 회복해, 작전을 재확인한 뒤에 세 사람은 불옷을 입고 60층으로 이어지는 검은 문으로 들어갔다.

움직이기 시작하는 대형 클랜

　오후 4시가 지날 무렵. 해가 저물기 시작해 부인들은 저녁을 준비하고, 아이들은 활기차게 바깥을 뛰어다닌다. 신대 부근에서는 쉬는 날인 사람이나 미궁 마니아들이 신대를 보기 좋은 장소를 확보하기 시작하고, 노점상들도 낮의 격전으로 지저분해진 식기의 설거지를 마치고 한숨을 돌리고 있을 시간대.

　그런 느긋한 분위기 속에 1번대에는 흑마단의 사람들이 나오고 있었다. 63층을 공략하고 있는 그 클랜은 화룡 토벌부터 다른 클랜을 앞질러, 지명도를 쭉쭉 높이고 있다.

　61층부터 풍경이 변해, 새빨간 용암이 흐르는 화산에서 탐색하는 모습이 중계된다. 그것은 이제까지 보지 못했던 새로운 것이기에 관중들의 반응도 좋고, 미궁 마니아들도 모두 몰려들어 화산의 모습이나 새로운 몬스터를 관찰하고 있다.

　그런 중에 2번대에는 에이미, 3번대에는 금색의 선율의 클랜 리더가 잡혀, 검은 문으로 경쟁하는 모습이 신의 눈에 의해 상공에서 중계되고 있었다. 금발을 짧게 친 레온에게 아슬아슬하게 따라잡히기 직전에 에이미가 검은 문을 확보해, 그 모습을 보고 있던 작은 집단에서 환성이 터져나왔다.

그리고 4시 반 무렵에 츠토무 일행은 60층으로 가는 검은 문 앞에서 대기하기 시작했다. 카미유를 넣지 않고 셋이서 60층에 도전하는 모습을 보고, 미궁 마니아는 고개를 갸웃거렸다.

"에이미인가. 괜찮을까?"

같은 셋이라도 카미유라면 이해가 된다. 쉘 크랩을 힘으로 짓눌러 처음으로 꺾은 강자이고, 이 신의 미궁이 생기기 전에도 많은 던전을 공략한 유명 클랜 리더다. 실제로 지난번 화룡 토벌은 초반의 부진이 있었다고는 해도, 그 활약이 컸다고 미궁 마니아인 남자는 느끼고 있었다.

물론 츠토무의 지원회복 스킬이나, 가름이 화룡의 공격을 홀로 받아냈던 것도 미궁 마니아 남자는 평가하고 있다. 아마도 그 세 사람이 아니라면, 화룡은 토벌할 수 없었을 것이다.

하지만 에이미는 그저 인기가 많을 뿐이라는 인상이 그 남자에게는 있었다.

실제로 에이미가 탐색자일 때도 봤었지만, 그다지 좋은 평가는 하지 않았다. 에이미는 일반 관중에게 인기가 있는, 호객꾼으로밖에 인식하지 않는다. 그런 그는 냉담한 눈으로 화기애애한 기색의 파티를 보고 있었다.

그리고 오후 여섯 시가 지났다. 노동자들이 일을 마치고 신대로 쇄도하기 시작하는 시간대. 그 시간이 되는 것과 동시에 츠토무, 가름, 에이미의 3인 파티는 60층으로 들어갔다.

"오! 저 녀석들, 또 화룡인가! 요전번에 보지 못했으니까 고마운 걸!"

"이제야 시간을 맞추기 시작했나…… 정말 너무 늦었잖아."

"에이미잖아! 오랜만에 보는걸~."

지난번 화룡 토벌의 모습을 다른 사람의 말이나 신문으로만 본 노동자를 중심으로, 2번대로 인기가 몰리기 시작한다. 그 밖에도 가름과 에이미의 팬이나, 화룡전에 흥미가 있는 이들이 2번대로 쇄도하기 시작했다.

"참~ 나, 볼 줄 모르네. 지금은 흑마단이 최고인데 말이야."

"화룡보다 이쪽을 봐야지."

"너희는 지난번에 봤잖아! 난 갔다 올게!"

지난번 화룡전을 봤던 사람들은 최신 정보를 모으기 위해 1번대에서 대기하고, 보지 못했던 사람들은 2번대로 향했다.

그리고 그 무렵에는 화룡의 비늘이 부분부분 벗겨지기 시작하고, 에이미가 꼬리를 한창 난도질하는 중이었다. 에이미가 항상 헤이스트가 부여된 빠른 움직임으로 쌍검을 휘두를 때마다 화룡의 피가 튄다. 츠토무의 지시로 가름이 워리어 하울과 실드 스로의 어그로 콤보로 화룡의 시선을 끌고, 에이미는 다른 부위를 공격해 화룡에게 주는 대미지를 조절한다.

"쌍파참."

에이미가 땅을 박차며 춤추듯이 쌍검을 휘두르자, 그 끝에서 참격이 날아간다. 난무의 에이미. 그 별명으로 불리게 된 이유다. 그리고 츠토무는 에이미에게 되도록 화룡이 출혈에 걸리게 하도록 지시해 두었다.

화룡을 상대로 선전하는 에이미에게 관객들에게서 성원이 날아든다. 그리고 화룡의 꼬리를 절단했을 때는, 굵직한 목소리와 새된 목소리가 터져 나왔다.

'어째서지? 에이미는 카미유보다 확연하게 능력이 뒤떨어져. 그런데, 이 속도는……'

처음부터 화룡전을 보고 있던 미궁 마니아 남자는, 신대 구석에 있는 시계를 보고 신기하게 생각하고 있었다. 카미유 때는 꼬리를 절단할 때까지 세 시간이 걸렸다. 하지만 현재 두 시간 만에 꼬리를 절단했다. 더욱이 꼬리만이 아니라, 뒷다리와 등에도 많은 열상이 새겨져 있었다.

만약 이대로 아무 일도 없이 진행된다면, 카미유보다도 빨리 화룡 토벌이 가능하지 않을까 싶은 예감이 들었다. 그리고 그의 추측은 틀리지 않았다.

화룡이 상처를 지지려 할 때 에이미가 화룡의 머리로 뛰어올라, 이마에 바위 가르기 칼날을 때려 넣는다. 몸을 흔드는 화룡에게서 쌍검을 뽑아 바닥에 깔끔하게 착지하고, 바로 전투태세로 돌아간다.

'에이미는 어째서 저만큼 움직일 수 있지? 화룡은 처음일 텐데.'

에이미는 신대에서 화룡을 봤다고는 해도, 실제로 싸우는 것은 처음이다. 그럼에도 츠토무나 가름과 차이가 없을 정도로 싸우고 있었다.

그러나 화룡과 처음 마주할 때는 보통 움직이는 것 자체가 어렵다. 용종 몬스터는 목격 사례가 적어, 대부분이 보는 것마저 처음이었다. 물론 에이미도 용을 가까이서 보는 것은 처음이다.

'실제로 처음에는 겁을 먹었어. 츠토무가 말을 걸어 복귀한 모양이지만……. 아니, 가름마저 주눅이 든 것처럼 보였어. 그건, 츠토무 덕분이겠지.'

그리고 개막 때 터트리는 포효는 초행자 킬러로 유명해, 처음 당한 사람은 대체로 몸이 움츠러들어 움직일 수 없게 되고 만다. 실제로 그것으로 에이미는 고양이 귀를 겁먹은 것처럼 접고 다리를 모았고, 두 번째인 가름도 몸이 긴장으로 굳어 있었다.

하지만 문드러진 고룡의 포효를 받은 경험이 있는 츠토무만은 화룡의 포효를 듣고도 전혀 겁먹지 않는다. 그런 츠토무가 말을 걸어 에이미를 움직이게 해, 초행자 킬러를 돌파했다.

'어째서지? 탐색자로서 공백도 있을 거야. 레벨도 대단하지 않아. 그런데 어째서, 화룡을 상대하는데 이렇게까지 상황이 좋은 것이지?'

한쪽 눈을 빼앗긴 화룡은 그 뒤 발광상태에 빠지지만, 가름과 에이미가 무리하지 않고 냉정하게 상처를 노려 더욱 깊은 상처를 내고, 츠토무는 화룡의 움직임에 반응할 수 있는 안전권에서 두 사람을 지원한다. 그 움직임에는 전혀 막힘이 없다.

미궁 마니아 남자는 짜증스러운 표정으로 신대를 바라봤다. 자신의 평가가 잘못될 리가 없다. 지금까지 자신이 발전할 것으로 예상한 탐색자는 금방 두각을 드러냈다. 자신의 예상은 맞는다. 하지만 그 예상이 지금, 부정되려 하고 있다.

시간은 오후 8시가 되어, 신대 앞으로 가장 사람이 모이는 골든타임에 돌입했다. 그 무렵 1번대와 2번대에 모인 인원수는 거의 비슷했다. 두 번째 화룡전. 그것도 또다시 3인 파티라는 것 때문에 관중은 계속해서 2번대로 모여든다.

평소와 달리 많은 손님에 2번대 부근의 노점 경영자는 기합을 넣고 상품을 팔아치운다. 만들면 만들수록 요리는 거짓말처럼 팔려나가, 노점에서 즐거운 비명이 흘러나왔다.

발광상태가 끝난 화룡은 에이미의 끊임없는 공격 때문에 피를 너무 흘려 비틀거리고 있었다. 그런 화룡의 빈틈을 타고, 에이미는 남은 한쪽 눈에도 쌍검을 때려 넣었다. 두 눈이 모두 망가진 화룡의 비명과 동시에 관중에게서 환성이 터진다. 그 환성에 이끌려 2번대로 더욱 사람이 몰려들었다.

그런 환성을 듣고, 다른 대형 클랜도 2번대를 보러 와 있었다. 알도렛 크로우의 정보원과 츠토무의 전법을 배운 1군 파티. 조금 전의 경쟁에서 진 금색의 선율도 그곳에 있었다.

그 두 곳의 대형 클랜은 아직 화룡 토벌을 이루지 못했다. 따라서 화룡의 공략 정보를 모으기 위해 2번대에 모여 있었다. 주위의 관중은 차례로 모여든 대형 클랜을 보고 술렁이며 길을 터주었다.

양쪽 눈이 망가진 화룡은 소리와 냄새를 의지해 세 사람과 싸우기 시작한다. 화룡은 후각과 청각이 뛰어나기 때문에 전투가 유지되기는 했지만, 역시 시력이 사라진 것은 치명적이었다.

"어이…… 어쩌면 카미유 씨보다도 빨리 끝나는 거 아니야?"

"에이미! 사랑해~!"

"에이미 최강이잖아."

"아니, 그래도 지난번이랑 달리 가름이랑, 그거야. 츠토무란 녀석도 공격하고 있잖아? 지난번에는 그다지 공격을 안 했던 것처럼 보였는데."

"에이미 짜~웅!"

"에이미! 에이미!"

터져 나오는 에이미 콜에 신대를 보는 사람 중에는 불쾌한 표정을 짓는 사람도 있었다. 물론 보고 있는 사람 전원이 에이미를 좋아할 리가 없고, 화룡과의 싸움을 보러 온 사람, 가름과 츠토무를 보러 와 있는 사람도 있다. 목소리가 큰 에이미 팬 때문에 그들은 지긋지긋하다는 듯이 술을 들이켰다.

에이미가 발목을 잡고 있다고 생각했던 미궁 마니아 남자도, 그중 한 명이었다. 그럴 리가 없다고 생각하면서도, 신대에서 눈을 뗄 수가 없다. 자신의 예상이 맞는다는 것을 증명하고 싶어, 마음속으로 에이미는 죽어달라고 주문처럼 읊기 시작했다.

하지만 그런 바람과는 반대로 눈을 잃은 화룡을 에이미가 착실하게 체력을 깎아, 화룡은 1시간 반 정도 뒤에 쓰러져 입자를 뿌리기 시작했다.

1번대와 거의 차이가 나지 않는 인원수의 관중들이 환희의 함성을 터트렸다. 신대 앞의 공기가 사람의 목소리로 뒤덮인다. 노점에 있는 냄비가 그 강대한 목소리의 진동으로 떨리고 있었다.

지난번 화룡 토벌에 뒤지지 않는 대성원 속에서 츠토무, 가름, 에이미의 화룡 토벌은 성공리에 끝났다. 웃으며 손을 마주치는 세 사람이 2번대에 잡혔다. 그리고 에이미와 츠토무의 모습을 본 관중은 정말로 솔리트 신문사의 보도가 거짓이었음을 재확인했다.

"…………."

그런 환성 속에서 미궁 마니아 남자는 그 결과에 깜짝 놀라고 있었다. 짐짝이 낀 3인 파티의 화룡 토벌은 불가능하다는 것은, 최근 반년 동안의 결과로 잘 알고 있었다. 그렇기에 자신의 예상이 빗나갔다는 것은, 잘 이해가 되었다.

'빌어먹을, 칫, 쓸 수밖에 없나.'

츠토무 일행이 처음에 화룡을 돌파했을 때의 한 번만이 아니라, 두 번이나 예상이 빗나갔다는 것은 그 자존심을 크게 상처 입혔다. 하지만 거짓 기사를 쓸 수도 없어, 그 남자는 내심 분노를 느꼈지만, 에이미에 대한 정당한 의견을 기사로 써 신문사에 기고할 것을 검토하기 시작했다.

그리고 아직 멈추지 않는 성원의 폭풍 속에서 대형 클랜의 사람들이 빠져나와, 바로 자신들의 클랜 하우스로 걸음을 옮겼다. 알도렛 크로우의 정보원이 노란색 드레스를 입은 백마도사에게 말을 걸었다.

"저게 완성형이다. 어떠냐?"

"역시, 엄청나네요. 그는 한 걸음 앞서 있어요. 완벽하게 흉내 낼 수는 없겠지만, 되도록 해 보겠어요."

알도렛 크로우의 1군 힐러인 여성은, 존경하는 눈빛으로 신대에 나온 츠토무를 올려다보고 있었다.

"흥, 나한테 맡겨요. 저 정도는, 아무것도 아니에요."

그것과 달리 금색의 선율 1군 힐러인 호인(狐人. 여우 인간) 여성은 광견, 난무의 에이미와 파티를 짜고 있는 럭키 보이를 완전히 얕잡아 보고 있었다.

▷▷

　화룡을 토벌하고 길드로 세 사람이 돌아오자 길드 직원이 박수로 맞이하고, 주변의 탐색자에게서도 성격이 좋은 사람들을 중심으로 박수의 갈채가 쏟아졌다. 쑥스러워하면서도 인사로 답하는 에이미를 향해 장난스러운 휘파람이 날아든다.

　에이미가 탐색자들에게 화룡 돌파 축하를 받는 광경을 보고, 츠토무는 기쁨과 쓸쓸함이 반반 섞인 마음이 들었다. 이것으로 에이미는 딜러로서 자신감을 되찾았을 것이다. 하지만 화룡을 토벌한 것에 의해 럭키 보이라는 별명은 불식되었다고 보고, 이 파티 계약은 끝이 난다.

　굉장히 좋은 파티였다고 츠토무는 새삼 생각했다. 두 사람이 없었다면 이렇게 빠른 속도로 미궁 탐색은 할 수 없었을 것이다. 만약 벌레 탐색자와 같은 파티였다면 어떻게 되었을지, 츠토무는 상상도 할 수 없었다.

　"츠토무, 수고했다."

　접수처 안쪽에 있던 카미유가 눈썹을 늘어뜨리며 츠토무를 마중했다. 화룡 토벌 시간에서 진 것이 분했는지 목소리도 조금 낮다.

　"예. 수고하셨어요. 두 번째라서 상당히 잘 풀렸네요."

　"확실히, 이번에는 가름과 너도 공격했더구나."

　"그러니까 그렇게 실망하지 않아도 괜찮아요."

"따, 딱히 실망 같은 건 하지 않았다."

츠토무가 배려하듯이 한 말을, 카미유는 고개를 휙휙 저으며 부정했다. 화룡전은 원래 에이미를 기용해 돌파할 가망이 있었고, 예상 이상으로 출혈을 노린 공격이 잘 먹혀 주었다. 그 덕분에 상당히 빠른 시간에 화룡을 쓰러트릴 수가 있었다.

"이것으로 파티 계약도 끝이네요. 배려해 주셔서 감사합니다."

"아니, 이쪽이야말로 츠토무에게 폐를 끼쳤다. 당연한 배려였지. 희망이 더 있다면 무엇이든 말해라. 되도록 들어주마."

"아니요, 이제 충분해요."

서로에게 머리를 숙인 두 사람을 보고, 검은 문 가까이에 있는 가름은 진지한 표정으로 무언가 생각에 잠겨 있다. 그리고 이야기를 이어가려 했던 두 사람 사이로 에이미가 끼어들었다.

"잠깐 길드장! 나는 뭐 없어~? 화룡을 해치웠는데~?"

"잘했구나……."

토벌 시간으로 놀리러 왔나 싶어서 차갑게 응대하려 했던 카미유는 구김살 없는 웃는 에이미의 얼굴을 보고 독기가 빠진 표정을 지었다. 카미유가 에이미의 머리를 쓰다듬자 기쁜 듯이 눈을 가늘게 떴다.

"자, 츠토무도! 나 대활약했어!"

"정말이지. 저쪽에서 충분히 칭찬받았잖아요. 잘해 주었어요."

츠토무도 카미유와 함께 에이미의 머리를 쓰다듬자, 그 고양이 귀가 존재감을 드러내듯 움찔움찔 움직였다. 에이미는 자기 얼굴을 감추듯이 고개를 아래로 숙였다.

츠토무와 카미유가 손을 떼자 에이미는 아쉬운 듯이 두 사람을 올려다보았다. 그리고 그런 자신을 알아채고 얼굴을 살짝 붉혔다.

"뒤뒤뒤뒤풀이 가자! 카미유도! 알았지!"

붉은 얼굴을 얼버무리듯이 황급히 말하기 시작한 에이미는 카미유의 손을 잡았다. 카미유는 '어떡할 거지?' 라고 말하듯이 츠토무를 봤다.

"갈 거예요. 아, 가름? 지금부터 뒤풀이를 할 모양인데, 뭔가 볼일이 있나요?"

"······아니, 없다. 가자."

계속 생각에 잠겨 있던 가름은 그 말에 간신히 사고의 바다에서 되돌아 왔는지, 바로 츠토무의 옆으로 왔다. 그리고 네 사람은 뒤풀이를 하기 위해 장소를 옮겼다.

해산 선언

뒤풀이가 끝난 다음 날. 츠토무는 오후에 사복을 입은 가름과 에이미를 데리고, 두 곳의 신문사에 길드 회의실에서 인터뷰를 받고 있었다. 에이미는 이런 취재는 익숙한지 상당히 진행이 원만하다. 츠토무도 파티의 전법이나 사고방식 등을 질문받아 막힘없이 답해갔다.

두 시간 정도 만에 화룡전에 관한 취재를 마치고, 신문사는 퇴실했다. 만족스러워하는 에이미와 지친 듯이 소파에 기대고 있는 가름. 그때 회의실을 노크하는 소리가 울렸다. 츠토무가 대답하자, 남색 제복을 입은 카미유가 들어왔다.

"모두, 모여 있구나."

"아, 안녕하세요. 이쪽에서 찾아가려고 했는데요."

"신문사의 취재가 있었다고 들어서 왔다."

들어온 카미유에게 인사한 츠토무는 온화한 태도로 앞자리의 소파를 권했다. 그런 카미유의 손에는 한 장의 서류가 있었다.

"응~? 길드장? 뭐야 뭐야?"

"…………."

에이미는 길드 제복을 입은 카미유를 보고 흥미진진한 기색으로 고양이 귀를 움직이고, 가름은 무언가를 눈치챘는지 눈을 감으며 침묵을 유지했다.

카미유는 세 사람이 앉은 반대쪽에 앉고는, 손에 들고 있던 한 장의 종이를 테이블 위에 올려놓았다.

"이번 화룡 토벌로, 럭키 보이라는 별명은 불식되었다고 판단되었다. 따라서 가름, 에이미. 두 사람의 파티 계약은 만료하기로 한다. 츠토무, 이의가 있느냐?"

"아니요. 문제없어요."

"그렇군. 그럼 이곳에 사인과 혈판을 부탁한다."

"어……."

빠르게 진행되는 이야기에 에이미가 깜짝 놀라지만, 얼마 전에 카미유와 둘이서 마셨을 때 대충 들었던 이야기를 떠올렸다. 럭키 보이라는 별명 불식에 따른 파티 해산. 알고 있었던 일이지만, 에이미는 아직 먼 이야기라고만 생각하고 있었다.

츠토무는 어제 뒤풀이 때 오늘 계약이 끝난다고 들었기 때문에 카미유에게 건네받은 가늘 바늘로 엄지를 찔러 종이 위로 가져가 찍었다. 카미유는 그 서류를 받고 고개를 끄덕였다.

"길드 직원을 너무 쉽게 대여할 수는 없지만, 만약 어려운 일이 있으면 찾아오거라. 되도록 들어주도록 하마."

"말씀 감사합니다. 정말로 곤란할 때에는 의지할게요."

"그래. 지금까지 우리 직원들이 신세를 졌다. 정말로 고맙다. 앞으로도 잘 부탁한다."

"자, 잠깐 멈춰 봐! 멈춰, 멈추라니까!"

츠토무가 카미유에게 내민 손을 잡고 악수를 나누는 중에, 에이미는 두 사람 사이에 끼어들려다가 가름에게 저지당했다. 카미유는 그런 에이미는 따뜻한 눈길로 바라봤다.

 "일단 미리 말해두기 했었는데…… 역시 너는 아직 먼일이라고 생각했었구나, 에이미."

 "그, 그래도 아직 한 달 정도는 시간이 있다고 했었잖아!"

 "그것은 어디까지나 가장 길게 봤을 때의 이야기다. 계약 내용은 럭키 보이라는 이름이 불식되었을 때다. 그것은 사전 서면에도 있었던 내용일 텐데?"

 "기, 길드장도 즐거워했었잖아! 그냥 모두 함께 츠토무의 클랜에 들어가자! 어때? 클랜을 만들 모양이니까 말이야!"

 "그것은 굉장히 매력적인 제안이다만…… 나에게는 길드를 지킬 의무가 있다. 미안하지만 츠토무의 클랜에 들어갈 수 있을 것 같지 않구나."

 "으극."

 에이미는 카미유가 먼저 떠난 남편에게 길드를 부탁받았다는 것을 알고 있다. 따라서 그런 대답이 돌아오리라는 것은 예상할 수 있었다.

 "에이미. 미안하지만 너의 감정 스킬로밖에 할 수 없는 일이, 최근 두 달 사이에 쌓이기 시작했다. 럭키 보이라는 별명이 불식된 지금, 너를 이 이상 츠토무의 파티에 둘 수는 없다."

 "그건…… 알지만."

 "미안하구나. 되도록 편의를 봐줄 생각이기는 하지만, 너밖에 할 수 없는 일이 많다. 우선은 그것을 다 정리한 뒤에 이야기를 듣도록 하마."

카미유는 고개를 숙인 에이미의 머리를 톡톡 두드린 뒤 가름에게 시선을 돌렸다. 그러자 그는 자세를 바르게 하고 머리를 숙였다. 카미유는 그런 가름을 보고 마음을 눈치챘는지, 바로 시선을 돌렸다.

"그럼, 내일부터 가름과 에이미는 통상업무로 돌아가도록. 오늘은 원하는 대로 해도 상관없다."

두 사람에게 그렇게 말한 카미유는 츠토무에게 맡기는 듯한 시선을 보냈다. 그러자 츠토무는 뒤에 있는 가름과 눈을 마주쳤다. 그는 이 일을 사전에 알고 있었는지, 비교적 침착한 기색이었다.

"가름. 지금까지 같은 파티로 다녀줘서 고마워요. 당신에게는 매우 많은 신세를 졌죠."

"아아. 이쪽이야말로, 고맙다. 츠토무 덕분에 기사에도 희망이 보이기 시작했다."

웃는 얼굴의 츠토무와 달리 가름은 진지한 표정으로 악수를 나눴다.

"츠토무는 앞으로 클랜을 만든다고 했지?"

"맞아요. 지금 당장은 아니지만, 가까운 시일에 만들 예정이에요."

"그렇군. 잠시 기다려 주겠나?"

가름은 나직이 말하고, 바로 손을 놓고 방에서 나갔다. 그런 가름을 츠토무는 이상하다는 표정으로 배웅했다. 그리고 그 뒤에 에이미를 돌아보자, 그녀는 깜짝 놀랐다.

"에이미도 같은 파티로 다녀줘서 감사했어요. 처음에는 어떻게 되려나 싶었지만, 지금에 와서는 최고의 딜러네요."

"…………"

에이미의 심경은 생각의 파도에 휩쓸려 뒤죽박죽이었다. 길드 직원을 그만두고 츠토무를 따라가자. 하지만 그래서는 카미유에게 은혜를 갚을 수가 없다. 카미유는 에이미가 클랜 해산으로 힘들 때, 길드 직원이라는 길을 제시해 준 사람이다. 에이미는 그 카미유에게 큰 은혜를 느끼고 있었다.

그렇다면 츠토무를 따라가는 것을 포기할 것인가. 그러고 싶지도 않다. 이 파티라면 화룡의 다음도 여유롭게 공략할 수 있다고 에이미는 확신하고 있다. 탐색자의 열정이 에이미의 안에서 다시금 불이 붙어, 수습이 되지 않을 정도로 타오르고 있었다.

침묵을 이어가는 에이미를 보고 츠토무는 난처한 표정을 지었고, 카미유는 조용히 지켜보고 있었다. 그리고 두 가지 생각 사이에 끼여 있던 에이미는, 벗어날 수 있는 답을 떠올리고 퍼뜩 고개를 들었다.

"츠토무! 길드 직원이 되자!"

에이미가 생각해낸 돌파구는 그것이었다. 길드 직원은 던전 입구를 관리하는 사람이다. 그 때문에 탐색자에게 뒤지지 않는 레벨과 강함이 꼭 필요하다. 따라서 길드는 츠토무 같은 인재는 절실하게 붙잡고 싶어 할 것이다.

게다가 필기시험에 츠토무가 떨어진다는 것은 에이미는 상상할 수 없었고, 길드장과의 면접에서 떨어지는 일도 있을 수 없다. 틀림없이 츠토무는 길드 직원이 될 수 있다.

하지만 최선책을 떠올리고 눈을 반짝이는 에이미와는 반대로, 츠토무의 표정은 밝아지지 않았다.

"죄송해요. 길드 직원이 되는 건 어렵겠네요."

"뭐어?! 시험 때문에 그래? 그럼 괜찮아! 츠토무 머리 좋고! 그리고 나도 가르쳐 줄 테니까 말이야!"

"정규 길드 직원이라면 이것저것 제약이 생기게 되니까요. 저는 클랜을 만들어 던전을 공략하고 싶어요."

"우으……."

츠토무는 원래 세계로 돌아가기 위해 던전을 공략하고 있다. 100층 클리어로 무슨 일인가가 발생한다고 기대하고 있지만, 만약 히든 던전 공략도 포함하게 되면 기간이 길어진다. 그래서 정식으로 길드 직원이 되어 업무를 소화하며 던전을 공략한다는 선택지는 존재하지 않았다.

그리고 카미유와 마찬가지로 양보할 수 없다는 표정의 츠토무를 보고, 에이미는 더 말하지 않았다. 입을 다문 에이미를 츠토무는 활력을 불어넣어 주듯이 웃었다.

"하지만 이걸로 작별하는 건 아니에요."

"그렇기는 하지만 말이야……. 그렇기는 하지만 말이야! 그래도 더는 파티가 아니잖아?! 좀 더 뭐랄까…… 다른 거 없어?! 예를 들면 길드 직원을 그만두고 나한테 오라든지 말이야!"

"그건 좀…… 실제로 그렇게 말하면 에이미는 어쩌려고요. 갑자기 길드 직원을 그만둔다고 하면 카미유가 난처해지잖아요."

"으극."

"게다가 길드 직원은 상당히 대우가 좋은 모양이니까요. 그걸 그만두라고 하는 거 좀……."

가름의 생활을 보면 길드 직원의 대우가 대단히 좋아, 츠토무는 그런 직장을 내버리고 따라오라고 말할 수가 없었다. 게다가 에이미와 가름을 빼내면 길드로서는 큰 손실일 것이다.

"그러니까 파티는 여기서 해산이에요. 지금까지 감사했어요."

"으으……."

그 말을 들은 에이미는 바로 풀이 죽어 하얀 꼬리를 늘어트렸다. 당장에라도 울음을 터트릴 것만 같은 에이미를 보고, 츠토무는 카미유와 눈을 마주쳤다. 그리고 등에 지고 있는 매직백을 뒤적여, 자랑하듯이 옷을 한 벌 꺼냈다.

"자, 이게 뭘까요."

"…………."

츠토무가 꺼낸 본 적이 있는 남색 제복을 보고, 에이미는 생각이 멈춘 것만 같은 표정을 지었다. 그러자 츠토무는 밝은 목소리로 사실을 털어놓았다.

"그런 이유로 내일부터 저는 길드의 '임시' 직원으로 일하기로 했어요. 아마도 단기간이 되겠지만, 내일부터 다시 잘 부탁드릴게요."

"어……? 뭐어어어어?!"

에이미는 서도 모르게 츠토무의 말에 놀라고, 카미유는 몰래카

메라가 성공한 듯한 표정을 짓고 있다.

"미안해요. 카미유가 꼭 해보고 싶다고 해서 말이죠."

"정말! 대체 뭐야?! 너무 심하잖아!"

"미안하다, 미안해."

카미유의 어깨를 토닥토닥 두드리는 에이미는, 화내면서도 안심한 듯한 표정을 짓고 있었다. 그리고 츠토무가 임시 길드 직원이 된 것을 발표해 일단락된 뒤 방문이 열렸다.

"늦어져서 미안하다. 츠토무, 지금까지 같이 파티였던 것에 대해 이별의 선물로……."

가름은 이 파티가 슬슬 해산하리라는 것을 이전부터 눈치채고 있었기 때문에, 츠토무에게 무언가 선물해 주자고 생각했었다. 그리고 상당히 거창한 상자를 들고 온 가름은, 츠토무가 들고 있는 길드 직원의 제복을 보고 보기 드물게 멍한 표정을 지었다.

임시 길드 직원

이전에 4인 파티로 던전에 가려 했을 때, 츠토무는 카미유에게 길드 직원이 되지 않겠느냐고 권유받았다. 그때는 에이미 때문에 대화가 끊겼지만, 츠토무는 나중에 카미유에게 호출받고 다시금 권유받았다.

그러나 츠토무는 자기가 클랜을 만들 예정이었기 때문에 길드 직원이 되면 자유도가 낮아진다고 생각해 거절했다. 그러자 카미유가 제안하듯이 눈을 마주쳤다.

"그렇다면 임시 직원이라는 것은 어떻겠느냐?"

"임시 직원 말인가요?"

카미유가 말하길, 임시 직원이라면 그렇게까지 속박되는 일은 없다고 했다.

"클랜 멤버를 찾는다면, 임시라고 해도 길드 직원의 지위는 써먹을 길이 있을 것이다. 게다가 너는 백마도사의 현재 상황에 불만이 있었지? 그 개선에도 도움이 될지도 모른다."

"그건 그렇지만, 그렇게 간단히 제안해도 되는 것이 아니죠?"

"임시 직원에 대해서는 내 권한으로 받을 수 있고, 기한도 길어야 3개월까지밖에 안 된다. 게다가 물론 이쪽에도 이득이 있다.

직업 차별 개선은 길드로서도 고마운 일이고, 어쩌면 너라는 인재가 길드에 들어올 가능성도 있으니 말이다."

"미리 말해두지만, 반드시 그만둘 건데요?"

"상관없다. 일단 시험 삼아 들어와 보도록 해라."

츠토무는 단호하게 말했지만, 카미유는 뱀처럼 혀를 핥을 뿐이었다.

하지만 카미유가 말한 대로 길드 직원이라는 지위는 여러모로 쓸모가 있다고 생각해서, 츠토무는 임시 직원이 되기로 마음을 굳혔다.

▷ ▷

"어제는 미안했다니까요."

"딱히 신경 쓰지 않는다."

다음 날. 가름은 임시 길드 직원이 된 것을 직전까지 말하지 않았던 츠토무와 눈을 마주치려고 하지 않았다. 어제부터 계속 이런 느낌으로 가름에게 사과하는 츠토무는 다른 길드 직원과 같은 제복을 입고 있었다.

"그 선물은 정말로 고마웠고, 편지도 기뻤어요."

"…………."

어제 츠토무가 임시 길드 직원이 되는 것을 감추다가 발표했을 때 가름이 들고 왔던 물건은, 백마도사 전용 장비 한 세트였다. 지금 장비도 현재 상태로는 상당히 좋은 것이지만, 그것보다도 더욱

귀한 것을 가름은 일부러 준비해 주었다. 그 가치는 츠토무도 「라이브 던전!」의 지식으로 알고 있었고, 에이미와 카미유가 놀라는 모습으로 봐서 상당히 입수하기 어려웠을 것이다.

게다가 지금까지 감사의 마음을 남아 편지까지 써 있나. 미선 즉석에서 개봉하지 않았지만, 편지까지 있다는 것은 들키고 말았다. 그런 정성이 들어간 모습에 에이미는 질겁했고, 카미유는 훈훈한 눈길을 보냈다. 그리고 당사자인 츠토무는 길드 직원이 되기로 한 것 때문에 난처한 반응을 보이고 말았다.

그 뒤에 가름은 꽁꽁 얼어붙은 것처럼 싸한 얼굴을 하고, 거창하게 포장한 상자를 회수해 방을 나가고 말았다. 그 뒤로 결국 그 선물은 다시 받았지만, 츠토무에 대한 가름의 반응은 상당히 사늘해져 있었다.

"죄송해요. 용서해 주세요."

"용서했다고 했다. 임시라고는 해도 츠토무는 이미 길드 직원이다. 자기 책무를 다해라."

그리고 끊임없이 용서를 빌어 가름에게 표면상의 용서를 받은 츠토무는, 그 뒤에 다른 길드 직원들에게도 인사를 하고 다녔다. 임시 직원이라고는 해도 3개월은 일을 함께하게 되었으니, 츠토무는 접수원 아가씨부터 사무원, 문지기 등의 사람들 정원에게 인사를 했다.

"그럼 오늘부터 3개월 동안, 다시 잘 부탁드릴게요."

"그래. 잘 부탁하마. 3개월 만이 아니라, 3년이라도 좋은데 말이다?"

"사양할게요."

그리고 마지막으로 길드장인 카미유에게 인사한 츠토무는, 바로 자신의 업무 내용을 확인했다.

"그럼 일단 확인하겠는데, 제 일은 지금의 직업 차별이 없어지도록 하면 되는 거죠?"

"그래. 그러기 위해서 우선은, 3종 역할을 대형 클랜에 가르쳐 주길 바란다. 이미 이쪽에서 준비해 두었다. 지금은 답변을 기다리고 있지."

"예. 그러면 그걸 준비할게요."

"부탁하마."

3종 역할의 정보와 그 행동방식을 길드에서 대형 클랜에 공개한다. 그것을 길드장인 카미유가 전하면 틀림없이 대형 클랜은 혹해서 달려들 것이다.

그렇게 카미유에게 부탁받은 츠토무는 가름에게 받은 보조키로 일단 자기 방으로 돌아가, 3종 역할과 화룡에 대한 정보를 정리하기 시작했다.

그리고는 대형 클랜에서 편지가 돌아올 때까지 이틀 동안, 츠토무는 상위 신대를 중점적으로 보고 대형 클랜의 동향을 살피거나, 자신의 스킬 등을 점검했다.

츠토무의 일은 대형 클랜에 정보를 제공하는 것 말고도, 가름, 에이미와 함께 61층에 들어가 던전을 조사한다는 것도 있다. 하지만 감정이라는 귀중한 스킬을 쓸 수 있는 에이미밖에 할 수 없는 일이 쌓여서 그것이 어느 정도 정리될 때까지는 대형 클랜에 정보

제공을 하기로 되어 있었다.

그리고 이틀 뒤에는 대형 클랜에서 답장이 왔다. 길드 앞으로 온 그 편지를 츠토무가 확인했다.

일노텟 그토우의 답변은 스보우의 예상대로 꼭 삼가하고 싶다는 내용이었다. 상당한 열의가 담긴 문장을 훑어보고, 이어서 금색의 선율에서 온 편지를 열었다.

금색의 선율도 마찬가지로 참가할 의지는 있지만, 길드가 제공하는 정보의 대가에 대한 언급이 많았다. 하지만 길드 측이 정보의 대가로 상정한 것은 G(골드)가 아니라, 신문사 두 곳의 인터뷰를 받는 것이었다. 그 정도로 정보를 얻을 수 있다면 금색의 선율은 분명히 받아들일 것이기 때문에 이쪽도 문제없을 것이다.

솔리트 신문사 이외의 신문사는 자금력도 그렇지만, 대형 클랜과 연결고리가 거의 없다. 따라서 이번에는 3종 역할과 힐러의 대우 개선이라는 주목적 말고도 두 신문사와 대형 클랜에 연결고리를 만들어 주는 것도 목표에 들어가 있었다.

현재 신문업계는 솔리트 신문사의 독과점 상태이어서 이전 소동처럼 언론조작을 일으키기 쉽다. 그 대책으로 다른 신문사에도 힘을 실어서 독과점 상태를 해소하는 것이다.

이어서 츠토무는 흑마단의 편지를 개봉했다. 그곳에는 불합격 통지서처럼 격식을 갖춘 거절의 문장이 쓰여 있었다. 하지만 이것은 예상했기 때문에 츠토무는 딱히 신경 쓰지 않는 표정으로 편지를 길드 직원에게 돌려주었다.

그 뒤에 카미유를 포함한 다른 길드 직원과 협의한 뒤, 대형 클랜에 기획의 세부 사항과 대가에 대한 내용을 담은 편지를 보냈다. 그리고 이튿날에는 두 팀의 참가 승낙을 받았다.

길드 직원에게 회장 확보를 맡기고, 츠토무는 오로지 두 클랜의 동향 조사와 스킬 조작 설명의 정리를 첨부했다. 그리고 일주일 뒤에 알도렛 크로우와 금색의 선율이 그 회장에 모이게 되었다.

그날이 올 때까지 츠토무는 실버 비스트와 날리는 힐에 대해 검증하거나, 그 두 대형 클랜에 대한 정보를 미궁 마니아에게 얻거나 했다.

그리고 마지막 날에는 모은 대형 클랜의 정보를 가름, 에이미와 함께 봤다.

"금색의 선율은…… 터무니없는 클랜이네요."

"남자의 꿈이 담긴 클랜 아니야? 츠토무도 하렘을 동경해?"

"저는 반대로 속이 쓰릴 것 같은데 말이죠……."

장난치듯이 얼굴을 바라보는 에이미를 보고, 츠토무는 쓴웃음을 지었다. 간신히 선물 사건을 잊기 시작한 가름도 동의하는 것처럼 고개를 끄덕였다.

지난번 에이미와 검은 문을 놓고 경쟁했던, 유니크 스킬을 보유한 레온이 이끄는 금색의 선율이라는 클랜. 그 클랜 멤버는 레온을 제외하면 전부 여성이고, 대부분이 그와 혼인 계약을 맺고 있다. 즉, 하렘 클랜이었다.

그렇기에 클랜 멤버는 레온에게 순종적이고, 클랜 멤버 자체의 레벨이나 실력도 나쁘지 않다. 그렇기에 4딜러 1힐러 구성이라도 어느 정도 화룡을 상대할 수 있었다.

하지만 결점도 있다. 우선 츠토무가 제일 먼저 눈길이 간 것은, 어째서인지 멋대로 레온을 대신해 공격을 맞으려고 하는 딜러가 다수 존재한다는 것이다. '위험해, 레온!' 같은 말과 함께 그를 밀쳐내 대신 몬스터의 공격을 맞고, 레온에서 안겨 빛의 입자가 되어 사라진다. 대단히 비극적인 광경이지만, 신대를 보는 관중이 익숙해질 정도로 되풀이되는 일이었다.

그 밖에도 지원 스킬의 효과시간이 확연하게 레온만 길거나, 일부러 포션을 입에 머금어 먹여 주거나 하는 둥 아주 가관이었다. 가끔 그것이 원인이 되어 전멸할 뻔하거나 하는 일이 있다는 이야기를 듣고 츠토무는 어이가 없었다.

"어째서 이런 데가 대형 클랜인 걸까요……."

"레온이 강하니까~. 그리고 딜러도 굉장히 강해. 나랑 비슷한 정도려나?"

"실력은 있겠지만, 어디까지나 레온 중심이니까요. 그 사람이 죽으면 전부 무너지잖아요. 그게 대체 무슨 파티예요."

아무리 그래도 화룡 공략 때는 그런 짓을 하지는 않지만, 역시 레온을 보호하고 대신 죽는 딜러는 가끔 보인다. 게다가 레온이 두 번 죽어 부활할 수 없게 되면 확연하게 파티의 움직임이 나빠진다.

츠토무는 아직 사람이 많았던 「라이브 던전!」에서, 게임에서는 희귀한 여자 유저를 남자 유저들이 떠받들며 모시는 '공주님 플레이'라는 것을 몇 번인가 본 적이 있다. MMORPG에서는 흔히 보는 일이지만, 금색의 선율은 반대로 여자들이 남자 하나를 떠받들며 모시는 '왕자님 플레이'를 하고 있다. 츠토무가 보기에는 그런 인상이었다.

"뭐, 탱커는 기능하겠네요. 레온을 지키는 역할이라고 하면 기쁘게 할 것 같아요."

"음. 게다가 기사 직종은 몇 년 전부터 최전선에 서지 않았으니 말이지. 아마도 가장 성장이 두드러질 것이다."

"응, 그럼 탱커 지도는 가름에게 맡길게요."

"알았다."

"그러면 금색의 선율은 이렇게 하면 되려나. 레온을 들먹이면 어지간한 건 따라올 테니까 문제없겠죠."

"뭔가 그렇게 말하니까 무신상 수상쩍게 들리는데?"

"딱히 아무 짓도 안 해요……."

싸한 눈으로 바라보는 에이미와 시선을 마주치지 않도록 하며, 츠토무는 자료를 손에 들었다.

"알도렛 크로우는 별 문제 없어 보이네요. 이미 3종 역할을 도입하고 있으니까."

"거기는 빈틈이 없으니까~."

금색의 선율에 비해 알도렛 크로우는 상당히 정상으로 보였다. 가장 소속인원수가 많은 것으로 유명하고, 1군에서 20군 가까이까지 파티가 존재하는 대규모 클랜이다.

60층까지에서 올릴 수 있는 상한 레벨 70이 다수 존재하고, 다양한 인종과 직업을 보유한 사람이 가입했다. 게다가 평소의 던전 탐색을 신대에서 보면, 매우 효율적으로 공략하는 클랜이다.

알도렛 크로우는 탐색자만이 아니라, 무기와 방어구를 만드는 대장장이나 몸에 좋은 식사를 만드는 요리사, 신대 관찰이나 사람들 사이에서 흐르는 소문과 정보를 모아 탐색과 클랜 운영에 도움을 주는 정보수집원, 종국에는 던전지를 위무하는 힝부미지 고상하고 있는 클랜이다.

탐색자의 모든 것을 관리해줄 정도로 복리후생을 갖추고 있는 알도렛 크로우는 탐색자가 보기에 매력적인 클랜이다. 하지만 흑마단이나 금색의 선율과는 달리 유니크 스킬 보유자가 없다. 전체적으로 보면 고수준인 사람이 많지만, 특별나게 돌출된 사람이 존재하지 않는 수수한 클랜. 그것이 미궁 마니아나 관중들에게 들은 알도렛 크로우의 인상이었다.

"이렇게 보면 유니크 스킬은 정말 중요하네요."

"뭐 그렇지~."

"하지만 알도렛 크로우는 유니크 스킬 보유자가 없는 대신, 인원수로 커버하는 느낌인가. 저는 이쪽의 클랜 운영이 더 취향이네요."

그런 알도렛 크로우는 츠토무가 보기에는 폐인 클랜 같은 인상이었다. 유니크 스킬을 보유한 특출난 사람은 없지만, 그 대신에 인원, 시간, 돈을 있는 대로 쏟아부어서 최전선에 서 있었다.

하지만 알도렛 크로우가 효율을 추구한 끝에 남은 것은, 소생에만 특화된 일회용 힐러였다. 아군이 죽을 때까지는 어그로를 끌지 않도록 숨어만 있다가 여러 명이 죽었을 때 나타나 레이즈를 사용해 부활시킨다. 그리고 소생한 뒤에는 더는 필요가 없으니 그저 몬스터에게 죽을 뿐이다.

"뭐, 소생 특화 힐러를 만들어낸 장본인이기도 한 모양이니까요. 솔직히 좋은 기분은 들지 않네요."

그러나 알도렛 크로우는 그 역할을 수행하는 백마도사에게 스폰서가 붙은 딜러와 동등한 수준의 보수를 주고 있다. 거기에 사망하면서 잃게 되는 장비 등도 제대로 보전해 주기 때문에 서로의 이익은 확보되어 있다.

하지만 알도렛 크로우도 최전선에 선 대형 클랜이라 소생 특화 힐러를 사용하는 모습은 상위 신대에 나온다. 아군을 부활시킬 때까지는 숨어 있다가, 소생시킨 뒤에는 그저 죽을 뿐인 모습은 당연히 관중에게는 평가받지 못한다. 그리고 초심자 수준의 사람들은 그 행동을 참고해, 보수도 안 주면서 소생 특화를 백마도사에게 강요하는 것이다. 그런 악순환은 개선되지 않고 지금까지 이어져 왔다.

"그딴 건 힐러가 아니에요. 백마도사들도 용케 참고 그걸 따르네요. 완전히 얕보이고 있다는 걸 모르는 건가?"

"으, 으~응? 뭐, 확실히 얕보이고 있다는 건 그 사람들도 알고 있겠지만…… 하지 않으면 먹고 살 수가 없으니까."

"그렇게 돈이 필요한가요? 그런 짓을 하라고 해도, 저는 절대로 안 하겠지만요."

소생 특화 힐러를 하는 대신에 상당한 보수를 주겠다고 해도, 츠토무는 절대로 받아들이지 않을 것이다. 그것이 가장 효율이 좋다면 또 모르겠지만, 절대로 그렇지 않다. 그래서는 몇 년 동안 쌓은 힐러의 자부심이 용납하지 않았고, 그저 돈을 위해 죽어가는 힐러들에 대해서도 내심 분노를 느끼고 있었다.

그러나 그것은 어디까지나 게임에서 쌓은 츠토무의 자부심이고, 이 세계에서 현신을 살아온 가름과 에이미로서는 그다지 동조할 수 없는 모양이었다. 에이미는 평소와 다른 분위기의 츠토무를 보고 곤혹스러운 기색을 보이고, 가름은 팔짱을 끼고 입을 다물고 있었다.

"아…… 죄송해요. 그러면 설명회를 대비해서 준비를 계속해볼까요."

살짝 질겁한 두 사람의 분위기를 눈치챈 츠토무는 얼버무리듯이 팬을 돌린 뒤, 일주일 뒤의 제공할 정보를 위해 글을 써 내려갔다.

혼란스러운 설명회

각 클랜은 대략 열 명 정도를 데리고 준비된 회장에 도착해, 길드 직원이 스테이터스 카드를 확인하고 접수를 진행했다.

알도렛 크로우는 소년 같은 생김새의 루크라는 클랜 리더를 필두로, 최근 들어 두각을 보이기 시작한 3종 역할을 받아들인 파티에서 백마도사와 성보원 님자가 참가했다.

금색의 선율은 금발을 짧게 친 레온을 둘러싸듯이 아홉 명의 여자가 줄줄이 따르고 있다. 그런 레온은 거의 동시에 도착한 루크에게 말을 걸었다.

"여. 역시 너도 왔구나."

"오랜만이에요."

알도렛 크로우와 금색의 선율의 클랜 리더는 서로를 마주 보고 입꼬리를 올렸다. 두 사람은 대형 클랜끼리 서로를 알고 있었고, 던전 안에서도 자중 얼굴을 마주친 적이 사이였다.

"흑마단은…… 없는 모양인데. 하, 여유롭네~."

"저는 당신도 오지 않을 거라 생각했는데 말이죠. 금색의 선율은 이대로라도 화룡을 넘을 수 있지 않나요?"

"이대로는 여러모로 생각해 볼 부분이 있잖아. 피차 말이지."

"그러네요……."

뒤에 대기하고 있는 딜러 직종 이외의 사람을 바라본 레온을 보고, 루크도 동의하듯이 대답했다. 소속 멤버가 많은 대형 클랜의 정점에 서는 사람으로서는, 직업 차별이 심각한 현재 상태를 좋게 여기지 않는다. 그것을 바꿀 수 있다면 바꾸고 싶다고 생각하고는 있었지만, 시행착오를 하는 중에 흑마단이 기존의 4딜러 1힐러 파티 구성으로 화룡을 돌파하고 말았다.

그것에 의해 더욱 딜러 직종의 수요가 올라가 직업 차별의 폭이 확대되고 있다. 그런 상황에서 갑자기 나타난 3인 파티로 이루어진 화룡 공략. 그것도 공격력이 낮은 기사가 활약하고 있는 모습은, 그들의 눈에 각인되었다. 그리고 그 파티의 힐러이자, 럭키 보이라는 이름이 알려졌던 츠토무가 주도하는 정보 공개. 그들이 이것에 참가하지 않는다는 선택지는 존재하지 않았다.

"쳇. 독점할 수 있을 줄 알았는데."

"어이, 꼬마. 배짱도 참 좋군. 아니 그보다 너희는 벌써 형태가 잡히고 있잖아. 접촉하고 했던 거야?"

"그럴지도 모르고, 아닐지도 모르겠네요."

"넌 여전히 짜증 나는 표정을 짓네……. 저리 가!"

동네 악동 같은 표정을 짓는 루크에게 심술궂게 소리쳤다. 작별 인사도 대충 하고 그 자리에서 벗어나, 두 팀의 클랜은 회장에 들어가 준비된 의자에 앉기 시작했다.

그리고 눈앞의 단상에서 준비를 하고 있는 츠토무를 모두가 쳐다봤다. 이 자리로 자신들을 부른 장본인인 츠토무는 길드 직원들과 함께 열심히 마도구를 조작하고 있었다.

"아아~ 마이크 테스트."

바람의 마석이 박힌 마이크 같은 마도구의 동작 체크를 하는 츠토무. 알도렛 크로우와 금색의 선율은 남색 제복을 입고 있는 츠토무를 흥미진진한 기색으로 바라봤다.

"아, 모두 모이셨나요?"

"죄송합니다. 갑자기 죄송한데, 미궁제패대 사람들도 몇 명이 이야기를 듣고 싶다고 연락이 왔는데, 어떡할까요?"

길드 직원의 돌발적인 보고에 츠토무는 난처한 듯이 입을 굳게 닫았다.

"미궁제패대 말인가요. 원정 의뢰를 해결하러 갔다고 들었는데, 돌아왔던 건가요?"

"예. 예정보다 조금 빨리 돌아올 수 있었다고, 꼭 이야기를 듣고 싶다고 하는데요."

"그런가요……."

미궁제패대라는 클랜은 일단 대형 클랜에 들어간다. 하지만 그곳은 신의 던전이 아니라, 바깥 던전을 중심으로 들어가는 클랜이었다. 그리고 지금은 원정 의뢰를 소화하는 중이라 한동안 미궁도시에는 돌아오지 않는다고 했는데, 아무래도 예정이 앞당겨진 모양이었다.

"뭐, 딱히 문제는 없겠죠. 괜찮아요. 그럼 자리를 만들어 둘게요."

그런 대응을 하고 나서 5분 정도가 지나자, 어디선가 색다른 분위기를 풍기는 남녀 두 사람이 들어왔다. 길드 직원의 대응으로 봐서, 저 두 사람이 미궁제패대 사람일 것이다.

은발에 귀가 뾰족한 다크 엘프에 2미터를 넘는 거구의 남자. 마치 미녀와 야수 같은 주하이 두 사람을 맞이하고 이것으로 선원이 모였다.

"감사합니다. 그럼 문을 닫아 주시겠어요?"

츠토무는 길드 직원에게 그렇게 부탁한 뒤에 심호흡을 했다.

그리고 문이 닫히자 츠토무는 눈을 가늘게 뜨고 20여 명의 사람들을 들러본 뒤, 손에 들고 있는 마도구의 스위치를 켰다.

"그럼 이제부터 제가 갖고 있는 정보를 공개할까 합니다. 잘 부탁드립니다."

츠토무가 인사를 하자, 클랜 사람들은 몇 명을 제외하고 모두 가볍게 머리를 숙였다.

츠토무가 고개를 들자 길드 직원이 분량이 많은 용지를 들고 각 클랜에 나눠주기 시작했다. 가지런히 정리된 그 용지 다발은, 이제부터 츠토무가 설명할 정보의 자료였다.

"우선 가장 먼저 날리는 힐에 대해 설명하겠습니다. 앞에 있는 자료의 2페이지를 봐주시길 바랍니다."

신문사가 인쇄한, 분량이 많은 용지를 넘기는 소리가 회장 안에 울려 퍼진다. 츠토무는 단상 위에 있는 테이블에서 자신의 스테이터스 카드를 들고, 알도렛 크로우가 앉아 있는 장소로 다가갔다.

"먼저 말하자면, 날리는 회복 스킬은 유니크 스킬이 아닙니다. 이것이 제 스테이터스 카드이니까 스킬란을 확인해 보시죠."

세 팀의 클랜에 츠토무는 자신의 스테이터스 카드를 보여주고 다녔다. 세 팀의 클랜은 스킬란을 본 뒤, 츠토무의 낮은 레벨과 스테이터스를 보고 놀란 표정을 지었다. 이곳에 있는 사람들은 대부분이 60층에서 올릴 수 있는 레벨 한계——70레벨에 도달해 있다. 하지만 카미유는 그렇다 치고 가름과 에이미는 쉘 크랩을 돌파하고 시간이 얼마 지나지 않았다. 즉, 평균 레벨 60 전후의 3인 파티로 화룡을 공략했다는 이야기가 된다.

이 낮은 평균 레벨은 그만큼 날리는 회복 스킬과 세 종류로 나뉜 역할이 중요하다는 것을 보여주고 있다. 신의 던전을 공략하는 두 클랜은 츠토무의 정보를 부쩍 들을 마음이 들었다.

"이것으로 날리는 회복 스킬은 특별한 것이 아니라는 것을 알 수 있으셨을 겁니다. 날리는 힐은 백마도사라면 누구나 가능한 것입니다. 확실히 직접 닿는 쪽이 회복력은 올라가지만, 날리더라도 회복 스킬은 충분한 효과를 발휘합니다. 우선은 백마도사 분은 이런 인식을 가져주세요."

날리는 힐을 다른 백마도사가 사용해도 회복력이 떨어지는 커다란 이유 중 한 가지가, 회복 스킬은 접촉해서 사용하지 않으면 안된다는 잘못된 인식이다. 이 사실에 대해서 츠토무는 이미 실버 비스트의 힐러로 검증하고, 실제로 해소한 문제였다.

"그리고 날리는 힐에 관해서 또 한가지 있습니다. 에어리어 힐."

츠토무가 하얀 지팡이를 들고 에어리어 힐을 읊자, 츠토무의 발밑에서 녹색 빛이 흘러나왔다.

"백마도사에게는 에어리어 힐이라는 스킬이 있습니다. 이것은 진형 안에 있는 사람을 자연 회복시키는 스킬이지만, 스킬 콤보로 응용할 수 있습니다. 이 안에서 회복 스킬을 사용하면 회복 스킬의 효과가 상승하고, 나아가 날리는 힐의 효과도 상승합니다. 어떻게 의식하냐에 따라 누구나 날리는 회복 스킬을 사용할 수 있다는 것과 에어리어 힐을 이용한 스킬 콤보. 이 두 가지를 알고 있으면 저와 마찬가지로 회복 스킬을 운용할 수 있게 될 겁니다. 실제로 실버 비스트라는 클랜에 소속된 힐러는 성공했습니다."

알도렛 크로우에서는 이미 회복 스킬의 사용법을 흉내 내고 있었지만, 아직 실전에서는 사용할 수 없는 회복량이었다. 날리는 회복 스킬로는 회복할 수 없다는 인식. 그것만 없애면 알도렛 크로우의 백마도사는 날리는 회복 스킬을 운용할 수가 있게 된다.

"한 가지, 질문해도 될까."

알도렛 크로우와 금색이 선율이 감탄하는 중에 미궁제패대의 한 명인 다크 엘프 여성이 손을 들었다. 갑자기 날아든 질문에 츠토무는 내심 깜짝 놀랐지만, 떨리는 목소리를 억누르고 말하라고 손짓했다.

"그것으로 정말로 회복력이 오른다는 증거는 있나?"

"증거, 말입니까? 회복 스킬은 접촉해서 쓰지 않으면 안 된다는 인식을 배제할 수 있다면 회복력이 상승한다는 것은 실버 비스트의 힐러가 증명했습니다. 그리고 요청이 있다면 제가 직접 던전에서 보여드리죠."

"그런 것이 아니다. 나는 애초에 네가 그 날리는 회복 스킬이라는 것을 사용하는 모습을 직접 본 적이 없다."

"그러신가요. 일단 이 설명회가 끝난 뒤, 요청하는 클랜에는 회복 스킬과 3종 역할을 쓸 수 있을 때까지 지도할 예정입니다. 그때 제가 날리는 회복 스킬을 실제로 보여 드리죠."

"귀찮다. 그럼 지금, 여기서 해봐라."

"어이."라고 미궁제패대의 거한 남자에게 말을 걸고, 자신은 몸을 웅크리고 팔을 옆으로 내밀었다. 그러자 불린 남자는 그 팔을 손에 잡고 반 회전시킨 뒤, 다리로 있는 힘껏 그 팔을 밟아 부러트렸다.

둔탁한 소리에 츠토무가 저도 모르게 표정을 찌푸렸다. 그리고 부러진 팔을 축 늘어트리고 일어난 여성에게 시선을 보냈다. 다른 클랜도 곤혹스러운 눈길을 보냈지만, 본인은 골절의 아픔에 조금 신음한 뒤에 입을 열었다.

"나는 너희와 달리 바깥의 던전을 공략하고 있다. 놀이터 던전에서 날리는 회복 스킬을 증명해도, 그것은 증명이 되지 못한다. 여기서 나를 회복해 봐라. 그것을 하지 못한다면 미궁제패대에 있어 너는 가치가 없다."

"확실히 그럴지도 모르겠네요."

그 말대로, 실제로 신의 던전 안에서밖에 쓸 수 없는 스킬은 존재한다. 죽은 자를 사후 3분 이내라면 되살릴 수가 있는 레이즈가 그렇다. 그 스킬은 바깥의 던전에서는 효과가 없기 때문에 그 말은 타당했고, 츠토무로서도 이 자리에서 증명하는 것이 가장 빨라서 좋았다.

"그럼 뼈를 정상 위치로 되돌리고 받쳐주세요. 또 부러져서 다시 연결하는 건 귀찮으니까요."

츠토무가 그렇게 말하자 그녀는 뼈를 되도록 제 위치로 되돌리고 한쪽 팔을 받쳤다. 츠토무는 만약을 위해 에어리어 힐을 자신의 바로 아래 설치하고 말했다.

"하이 힐."

츠토무가 흰 지팡이를 휘둘러 쏜 하이 힐이 팔에 맞고, 순식간에 골절을 치유했다. 그녀는 아픔이 사라진 팔을 움직여 이상이 없는지를 확인하고, 시시하다는 듯한 표정을 지은 뒤에 조용히 머리를 숙였다.

"너의 정보는 미궁제패대에 이익을 가져올 만한 것이었던 모양이다. 미안했다."

"아니에요."

다른 클랜은 츠토무가 쏜 하이 힐이 정말로 골절을 완치시키는 것을 보고 새삼 놀랐다. 그리고 예상 밖으로 바로 물러난 그녀에게 츠토무는 맥이 빠진 것처럼 대답했다.

그리고 더는 다른 질문이 없었던 모양이라, 츠토무는 바로 다음으로 넘어갔다.

"다음은 3종 역할에 대해서네요. 자료의 4페이지를 봐주시죠."

클랜 사람들이 페이지를 넘기자, 그곳에는 도표와 일러스트로 그려진 탱커, 딜러, 힐러의 간단한 역할과 그림 해설이 실려 있다. 그 해설은 그림을 잘 그리는 신문사 기자가 그려 준 것으로 굉장히 이해하기 쉬웠다.

"현재 보이는 파티의 역할은 적의 체력을 깎는 역할인 딜러와 아군을 회복하는 역할인 힐러 두 종류입니다. 가끔 버퍼라고 해서 지원하는 역할을 하는 분도 계시지만, 그것은 여기서는 생략하도록 하겠습니다."

음유시인이나 부여술사가 주로 버퍼 역할을 담당하는 직업이지만, 음유시인은 그럭저럭 수요가 있었고 부여술사는 거의 보지 못했기 때문에 생략했다.

"하지만 저희 파티에서는 그 두 종류 말고도 탱커라는 적의 시선을 끌어 공격을 막는 역할도 도입하고 있습니다. 이렇게 함으로써 딜러인 사람은 안전하면서 최대한의 공격이 가능합니다. 힐러는 회복할 사람을 고정할 수 있어 편하고, 무엇보다도 종전처럼 쓰고 버리는 역할을 맡을 필요기 없어집니다. 자료 5페이지를 봐주시죠."

자료의 5페이지에는 몬스터의 어그로라는 개념을 상세하게 설명하고, 힐 어그로나 탱커의 어그로를 끄는 스킬 운영법 등이 자세히 실려 있었다.

"탱커가 어그로를 끄는 스킬을 사용하면 몬스터는 탱커를 노리기 때문에 힐러는 전투 중에도 아군을 회복하는 것이 가능해집니다. 더욱이 탱커가 두 명 있다면 한 명의 탱커가 죽는다고 해도, 레이즈를 안전하게 사용할 수 있게 되겠죠."

그 말에 백마도사 몇 명인가가 반응해서 고개를 들었다. 레이즈를 사용하면 아군을 부활시키는 대신에 자신이 몬스터에게 노려지게 되어, 대부분은 시간을 번 뒤에 희생된다. 그것은 백마도사의 공통된 인식이었다.

그 결과로 도달층 경신, 계층주 돌파가 가능하다면 문제는 없다. 죽더라도 파티 상태이면 그 자리에 없어도 도달층 경신은 가능하며, 장비도 회수해 준다면 손해가 없다.

하지만 최근 몇 년 동안 백마도사 들은 신내 니미도밖에 노달층, 계층주를 돌파한 것을 기뻐할 수밖에 없었다. 검은 문에서 돌아온 아군에게 칭찬받기는 해도, 그것을 매번 되풀이하게 되면 울분도 쌓이기 시작한다. 몬스터에게 죽는 것에 익숙하다고는 해도, 그것이 쌓이고 쌓이면서 마음이 망가지는 사람도 나왔다.

게다가 동료를 되살리면 가장 먼저 죽어 신대에는 나오지 않게 되기 때문에, 관중들의 인상은 아무래도 희미해진다. 또한 백마도사가 지니고 있는 장비도 가장 먼저 죽어 신대에서 보이지 않기 때문에 선전이 되지 않아 스폰서도 붙지 않는다.

실제로 화룡을 돌파한 흑마단도 딜러 진은 관중이 얼굴을 기억하고 있지만, 힐러 여성은 미궁 마니아 정도밖에 얼굴을 기억하지 못하고 스폰서도 없다. 첫 화룡 돌파를 달성한 파티의 힐러마저 그런 취급이었다.

하지만 자신을 희생해 파티 멤버를 부활시키는 역할이라는 것은, 층 갱신이나 계층주과 싸울 때는 상당히 유용하기도 했다. 그 때문에 그만둔다고 말을 꺼내지도 못하고, 백마도사는 명예를 얻지 못한 채로 질질 끌다 여기까지 왔다.

단상에서 보이는 백마도사들 대부분은 진지한 표정으로 츠토무의 목소리에 귀를 기울이고 있었다. 그러자 츠토무는 감정이 담긴 목소리로 분명히 말했다.

"그러니까 저는 현재 백마도사의 위치가 최선이라고는 도저히 생각할 수 없어요. 백마도사는 소생만을 위한 직업이 아니에요."

그 말에 백마도사들은 고개를 떨구거나, 끝까지 입을 다문 사람이 많았다. 하지만 그중에서 이의를 주장하는 사람이 한 명 있었다.

"즉, 우리가 잘못되었다고 당신은 말하고 싶은 건가요?"

금색의 선율의 백마도사가 목소리를 높이고, 자리에서 일어나 츠토무를 똑바로 바라보고 있었다. 그녀도 또한 현재 상태에 만족하고 있는 것은 아니다. 해변층에서 발견된 포션 피시에 의한 포션의 편의성이라는 파도에 떠밀리며, 필사적으로 자신들이 살아남을 길을 찾았다. 그 결과가 그 지원소생 특화의 길이었다. 그것을 전부 부정당한 기분이 들어 저도 모르게 입을 열고 말았다.

게다가 그녀 자신은 긍지를 가지고 그 역할을 수행했다. 죽어버린 레온을 자신의 희생으로 되살리는 것에는 아무런 불만도 갖지 않았고, 앞으로도 계속 그것을 하게 되더라도 좋았다.

커다란 여우 귀와 꼬리가 특징적인 백마도사를 내려다본 츠토무는 바로 대답했다.

"그런 말이 아니에요. 저는 백마도사가 포션의 회복력에 삼켜지기 시작한 당시부터 있었던 것이 아닙니다. 따라서 당신들의 노력을 모르죠. 그런 제가 당신들을 이러쿵저러쿵 말할 자격은 없습니다. 물론 이대로 그 역할을 완수하는 것도 좋겠죠. 당신들이 납득하고 있다면 말이죠."

"마치 우리가 납득하지 않고 있다는 듯한 말투네요."

"어……? 납득하고 있는 건가요?"

츠토무는 진심으로 놀란 것처럼 가느다란 눈을 번쩍 뜨고, 노란색 여우 귀가 나 있는 금색의 선율의 백마도사를 바라봤다. 그러자 그녀의 시선이 살짝 허공을 맴돌았지만, 금방 반박했다.

"당연해요."

"응? 정말인가……. 어? 참고로 다른 사람은 어떤가요? 아, 죄송해요, 이야기가 엇나갔네요. 하지만 이건 알아야 하니까요."

먼저 사과한 뒤에 츠토무는 다른 백마도사들에게 질문을 던졌다. 하지만 금색의 선율도 알도렛 크로우의 백마도사도, 겸연쩍게 시선을 돌릴 뿐이었다.

핑크색 롤빵머리라는 성격이 제멋대로인 아가씨를 체현한 듯한 생김새를 한 백마도사마저 입을 다물고 있는 것에 츠토무는 깜짝 놀랐다.

"그러니까 당신들은 이대로도 괜찮다는 겁니까? 그렇다면 제가 말할 건 더 없는데요."

"아 기다려 봐, 츠토무 군이라고 그랬던가. 이 녀석들도 분하기는 하다고."

그런 가벼운 목소리로 답한 것은 금색의 선율의 클랜 리더인 레온이었다. 그는 말을 고르듯이 시선을 위로 올린 뒤에, 생각이 떠올랐는지 말하기 시작했다.

"지금까지는 딜러만이 대접받는 시대였어. 그래서 이 녀석들은 그저 자신감을 잃었을 뿐이야. 실제로 우리 백마도사는 모두 너의 활약을 흥분하며 봤다고."

"그랬지. 게다가 탱커라는 역할에 어울리는 직업의 사람들도 가름을 마치 영웅처럼 봤어. 이 자리에서 말하기는 어려울 뿐이야."

레온에게 동의하듯이 알도렛 크로우의 클랜 리더인 루크도 입을 열었다. 그 말과 분통해하는 표정을 짓는 힐러들의 모습을 본 츠토무는 살짝 표정을 풀었다.

하지만 그런 두 명의 클랜 리더와 츠토무에 대해서도 이의를 주장하는 사람이 있었다.

"뭐야 그게. 마치 우리가 나쁜 거 같잖아. 지금까지 우리가 이끌어 왔다고."

두 사람이 한 말에 알도렛 크로우의 딜러는 불쾌한 표정을 지으며 팔짱을 꼈다. 그는 40층부터 두각을 드러내 59층까지 파티를 이끌어 왔다고 자부하는 알도렛 크로우의 에이스 딜러였다.

"힐러는 차라리 이해가 돼. 황야에서는 도움이 되고, 해변이나 계곡에서도 도움이 됐어. 그런데 탱커라고? 공격력이 낮은 기사 직종 따위는 애초에 탐색자에 적합하지 않아."

"그렇다면 지금까지 대로의 파티로 화룡 공략을 하면 되지 않을까요. 그것도 하나의 방법이라고 생각해요."

"이봐, 소바 군. 잠시 입을 다물어줘."

츠토무가 눈을 가늘게 뜨며 말하자, 루크가 당황한 듯이 딜러인 사람을 조용히 시켰다. 그랬더니 딜러인 소바라는 남자는 할 수 없다는 듯한 기색으로 입을 닫았다.

"뭐, 확실히 지금까지 말한 대로라면 딜러분들을 질책하는 것처럼 들리겠죠. 하지만 그럴 마음은 없습니다. 그저 저는 딜러도, 힐러도, 버퍼도, 그리고 탱커도 파티에 필수라고 생각해 이 정보를 여러분께 전하고 있습니다. 실제로 이 방법을 사용하면 화룡은 여유롭게 쓰러트릴 수 있다고 저는 생각합니다. 부디 3종 역할에 대해 검토를 부탁드리겠습니다."

"…………."

실제로 츠토무는 평균 레벨 60의 파티로 알도렛 크로우가 아직도 쓰러트리지 못한 화룡을 두 번 쓰러트렸기 때문에 소바는 아무 말도 할 수 없었다.

"그럼 이어서 화룡에 대한 정보를 이야기하죠. 우선──."

그 뒤로 츠토무는 「라이브 던전!」에서 얻은 게임 지식을 근거로 한 화룡의 정보를 전하고, 정보 공개 기획은 막을 내렸다.

역할 지도

츠토무의 설명회는 두 클랜의 박수 갈채 속에서 막을 내렸다. 그 뒤에 츠토무는 3종 역할을 잘 아는 길드 직원——자신이나 가름에 의한 기술 지도를 제안하자, 두 대형 클랜은 바로 받아들였다. 미궁제패대는 귀족의 저택에서 호출이 있다며 서둘러 돌아갔다.

"기본적으로 제가 힐러, 가름이 탱커를 지도하겠습니다. 딜러는 처음에는 길드장인 카미유가 지도하고, 도중부터는 에이미로 변경됩니다."

길드 직원에 의한 3종 역할지도에 대해서는, 감정 일 때문에 매우 바쁜 에이미도 하고 싶다고 떼를 써서, 도중부터 카미유와 교대하게 되었다.

"지도하는 모습은 공개해서 널리 알리고 싶으니까, 기본적으로는 신대에서 볼 수 있는 장소에서 하도록 하겠습니다. 나중에 각클랜 리더는 지도를 받고 싶은 힐러 한 명, 탱커 두 명, 딜러 두 명의 명부를 길드 카운터에 제출해 주시길 바랍니다. 지도 자체는 바로 내일부터 시작 가능한 상태니까, 여러분이 희망하는 시간에하겠습니다."

"그럼 내일부터 바로 부탁해."

"우리 쪽도 오늘 중에 정리해서 보내 줄게."

"알겠습니다. 잘 부탁드릴게요."

츠토무는 각 클랜 리더와 악수를 주고받고 줄지어 돌아가는 탐색자들을 배웅했다. 그 뒤에는 길드 직원이 외상의 뒤처리는 맡겨달라고 하길래, 츠토무는 호의를 받아들여 길드 숙소로 돌아갔다.

어차피 3개월이라는 기한이 있어, 츠토무는 계속해서 가름의 방을 빌려 지내고 있다. 츠토무는 가름에게 받은 예비 열쇠로 방에 들어가, 지친 듯이 침대에 쓰러졌다.

"상당히 긴장했었나 보군."

"그야 그렇죠……. 그 자리에서 팔을 부러트렸을 때는, 정말 놀랐어요."

떨리는 손을 내밀어 보이는 츠토무를 보고, 가름은 조금 어이없다는 듯한 표정을 지었다.

"화룡보다는 낫지 않나. 뭘 그렇게 떨 필요가 있지?"

"애초에 많은 인원을 상대로 말하는 경험이 없었으니까요."

"화룡전을 본 사람은 수천 명이었을 거다. 새삼스럽지 않나?"

"그것과 이건 다르지 않나요?"

확실히 츠토무의 화룡 공략을 시청했던 사람은 잔뜩 있었겠지만, 20명이라는 인원수 앞에서 직접 이야기하는 쪽이 의외로 더 긴장이 되었다.

더욱이 갑자기 참가해온 미궁제패대의 광기 넘치는 행위에 츠토무는 마음이 꺾이기 직전이었다. 그리고 간신히 긴장에서 해방된 츠토무는 편하게 드러누웠다.

"오늘도 노점 요리면 되겠나?"

"응. 괜찮지 않을까요. 아무래도 요리를 할 마음은 들지 않으니까요."

"그럼, 적당히 사 오도록 하지."

배려해서 저녁을 사러 나간 가름을 배웅한 츠토무는 안심한 것처럼 잠이 들었다.

▷▷

다음 날. 길드 직원의 제복을 입은 츠토무와 가름, 카미유는 길드 카운터에서 사람을 기다리고 있었다. 대형 클랜 두 팀에게 3종 역할을 지도하기 위해서다.

그러자 얼마 지나지 않아 카미유와 가름 앞으로 활발한 딜러 직종과 탱커 직종의 탐색자가 다가왔다. 어제 금색의 선율과 알도렛 크로우가 역할지도를 부탁했던 사람들이다.

"오늘은! 잘 부탁드리겠습니다!"

"크크크. 활기가 좋구나. 잘 부탁하마."

카미유는 신의 던전이 생기기 전부터 신룡인 탐색자로 유명했기 때문에, 모두 눈을 빛내며 보고 있었다. 어제 설명회에서 탱커를 필요 없다고 했던 소바라는 남자도, 카미유는 존경하는 분위기였다.

"여전히 아름답네! 카미유 씨는! 다음에 식사 어때?"

"사양하도록 하지."

"죄송해요~. 저희 남편이 실례를 했네요~."

"아야야야야!!"

금색의 선율의 클랜 리더인 게온 은 시직부터 카미유에게 식사를 권했다가, 딜러인 사람에게 입을 꼬집혔다.

"저기, 잘 부탁드릴게요!"

"그래. 잘 부탁한다."

원래부터 유명했던 카미유에 비해, 가름은 신의 던전이 생기고 나서부터 이름이 알려지기 시작한 사람이다. 딜러 직종이 대우받는 시대에 유일하게 탱커 직종으로 최전선에서 버틴 광견. 그런 그에게 지도를 받으러 온 금색의 선율의 탱커 직종은, 매우 송구스러워하는 기색이었다.

"오랜만이군. 가름."

"역시 네가 왔나, 비트만. 잘 부탁한다."

가름은 까까머리에 엄격한 군인 같은 생김새를 한 비트만이라는 남자와 반가운 듯이 웃음지으며 악수했다. 그리고 다른 한쪽 남성 쪽도 돌아봤다.

"그리고 노란 공인가. 소문은 전부터 들어왔다. 잘 부탁하지."

"살살해 달라고."

다른 한 명의 거칠어 보이는 생김새의 노란이라는 남성도 알고 있었는지, 가름은 전우라도 만난 것 같은 얼굴로 인사를 나누고 있었다.

그리고 지도를 받으러 온 금색의 선율과 알도렛 크로우의 딜러와 탱커가 모두 모였을 무렵, 츠토무의 앞에도 두 사람의 힐러가 나타났다.

"…………."

'하필이면 너냐.'

금색의 선율에서 온 힐러는 어제 츠토무에게 따지고 들었던 호인(狐人) 백마도사였다. 키는 츠토무보다 상당히 작지만, 마치 내려다보는 듯한 눈빛을 띠고 있다. 그리고 뒤쪽의 손질된 커다란 꼬리는 자기주장을 하듯이 흔들거리고 있었다.

"인사도 할 줄 모르나요? 이래서 저레벨은 안 되는 거예요."

'아, 그런 느낌이구나.'

올려다보고 있는데 내려다보는 그녀를 보고, 츠토무는 마음속에서 손절을 하고 시선을 돌렸다. 그리고 옆에 서서 긴장한 기색을 보이는 여성에게 시선을 돌렸다. 그런데 츠토무는 그녀도 본 기억이 있었다.

"스테파니라고 해요. 오늘은 잘 부탁드리겠어요."

'이런 생김새치고는 뭔가…… 평범한 아이 같네.'

핑크색 롤빵머리라는 화려한 머리 모양을 한 스테파니라고 자기소개를 한 여성은, 공주님 같은 노란색 드레스를 입고 있다. 어딘가의 귀족이라고 해도 납득이 될만한 복장과 겉모습이지만, 마치 신입사원처럼 머리를 숙이고 있다. 그 생김새에서는 상상할 수도 없는 우직한 인사에, 츠토무는 어안이 벙벙했다.

"아아, 예. 오늘 힐러 지도를 담당할 츠토무입니다. 잘 부탁드리겠습니다."

"예. 잘 부탁드리겠어요."

"나를 무시하다니 좋은 배짱이네요. 레벨 45 주제에……."

"당신 이름은 아니까 자기소개는 필요 없어요. 유니스 씨."

츠토무는 사전에 금색의 선율 모부녀 받은 사료를 보고 그녀에 대해 어느 정도 알고 있었다. 츠토무에게 이름이 불린 유니스라는 여성은, 불쾌하다는 표정을 지으며 고개를 딴 곳으로 돌렸다.

"그럼 카미유, 가름, 다들 잘 부탁해요."

"맡겨두거라."

"아아."

카미유와 가름은 그렇게 답하고, 각자 네 명의 탐색자를 데리고 마법진으로 들어가 던전으로 이동했다. 그런 두 사람을 배웅한 츠토무도 카운터에서 파티 신청을 마치고 스테파니와 유니스를 응시했다.

"그럼 일단은, 39층으로 가 볼까요. 거기서 신의 눈을 사용해 방송하면서 힐러 지도를 하도록 하겠습니다."

"흥. 레벨 45에 딱 어울리는 층이네요."

'왜 이딴 녀석을 보낸 거야, 금색의 선율은. 할 마음이 있긴 한 건가.'

너무나도 지독한 유니스의 태도에 츠토무는 한숨을 쉬고 싶어졌지만, 어떻게든 그것을 삼키고 카운터 쪽으로 손을 내밀었다.

"그럼 가 볼까요. 두 사람 다 따라와 주세요."

"도망치는 건가요? 정말, 맥 빠지는 녀석이네요. 당신도 그렇게 생각하죠?"

"아, 아니요, 그렇지 않아요."

"알도렛 크로우도 참 큰일이네요."

동의를 바라고 유니스가 말을 걸자 스테파니는 송구하다는 듯이 표정을 굳혔다. 그런 스테파니를 딱하다는 눈으로 본 유니스는 카운터로 향한 츠토무를 어쩔 수 없다는 기색으로 따라갔다.

▷ ▷

발밑에 사람 뼈가 굴러다니는 39층으로 전이한 백마도사 3인. 이 황야층은 언데드 계열 몬스터만 출현해, 성속성 스킬을 쓸 수 있는 백마도사에게는 보너스 스테이지 같은 장소다. 실제로 츠토무는 황야층에 한에서 말하자면, 에이미보다도 많은 몬스터를 해치웠을 정도다.

이 층을 지정한 이유도 최악의 경우 츠토무 혼자도 탈출할 수 있다는 이유가 크다. 게다가 40번대라는 아래쪽이기는 해도, 이곳이라면 아슬아슬하게 번호 지정 신대에서 나오는 층이기도 하다. 길드 쪽에서도 힐러 지도는 39층에서 한다는 것을 선전했기 때문에, 흥미 있는 사람은 그 모습을 신대에서 볼 수 있도록 했다.

츠토무는 카메라의 역할을 해 주는 신의 눈을 찾아 가까이 다가오도록 마음속으로 지시했다. 그러자 안구 같은 생김새를 띤 신의 눈은 츠토무의 지시대로 다가왔다.

그리고 신의 눈이 제대로 세 사람을 찍는 것을 확인한 츠토무는 헛기침을 한 번 한 뒤에 두 사람을 봤다.

"우선 힐러에 대해 복습하도록 할까요. 사전에 자료는 읽었죠?"

"예."

"…………."

"그럼 스테파니 씨. 제가는 힐러의 역할이란 무엇이었죠?"

"예. 힐러란, 파티의 사령탑을 담당하는 역할이라고 쓰여 있었어요."

"정답이에요. 몬스터의 공격을 집중해서 받는 탱커나, 전투를 하는 딜러는 시야가 좁아져요. 그것을 보완해 주는 것이 힐러의 역할이에요."

힐러는 3종 역할이 성립하면 몬스터에게 노려질 일이 없어, 필연적으로 시야가 넓어진다. 그때문에 지원회복은 물론이고, 파티 전체의 지시를 내리는 것도 맡게 된다.

"우선은 두 사람은 그런 의식을 갖도록 해요. 스테파니 씨는 이미 실제로 힐러 경험이 있지만, 신대에서 보기로는 아직 그런 의식이 부족해요. 몬스터에게 노려지지 않는 힐러는 가장 시야가 넓어지니까, 자신이 파티를 움직여야만 해요."

"예. 되도록 해 보겠어요."

알도렛 크로우는 츠토무가 3종 역할에 대해 설명하기 전부터 이미 그것을 도입한 클랜이다. 그리고 그것을 정보원에게 배운 최초의 파티에 스테파니가 소속되어 있었기 때문에, 이미 실전 경험도 쌓은 힐러였다.

"유니스 씨는 아직 금색의 선율에서 3종 역할이 확립되지 않았으니까, 우선 자신이 사령탑인 것을 의식해서 연습해 주세요."

"흥. 그딴 건 아무래도 좋아요. 그것보다 어서 스킬의 사용법을 가르쳐 줘요."

유니스는 의욕이 넘치는지 낡은 지팡이를 들고 거친 숨을 내쉬고 있다. 성급한 유니스를 보고 츠토무는 난처한 표정을 지은 뒤, 에어리어 힐이라고 읊어 녹색으로 발광하는 장소를 출현시켰다.

"스킬 사용법 말이죠. 그렇다고 해도 사전에 설명한 대로, 기본은 에어리어 힐의 위에 서면 힐은 회복력이 올라가요. 나머지는 의식 문제예요. 회복할 수 있다고 생각하면 회복할 수 있어요."

"그게 아니에요. 네가 길드장에게 했던 그거요."

"아아, 놓는 스킬을 말하는 건가?"

츠토무가 자신의 눈앞에 평평하고 푸른 헤이스트를 설치해 보이자, 유니스는 바로 그것이라는 듯이 손가락질했다.

"그것을 빨리 가르쳐요."

"아니, 그것보다도 우선은 날리는 힐의 회복량 확보와 날리는 스킬을 연습하는 편이 좋아요. 그 기초가 안 되면 힐러는 할 수 없으니까요."

"흥. 자기 기술을 넘기고 싶지 않다고 해서 변명하지 마요. 딱히 나는 네 지도 따위는 바라지 않아요. 그저 너의 기술이 필요할 뿐이에요."

그렇게 주장하는 유니스를 보고 츠토무는 팔짱을 끼고 생각에 잠겼다. 그리고 한 가지 답을 내린 츠토무는 짜증스러운 표정을 짓는 유니스를 마주 봤다.

"알았어요. 그럼 첫 일주일은 유니스 씨가 원하는 대로 해도 상관없어요. 놓는 스킬도 먼저 가르쳐 줄 거고, 다른 것도 있으면 가르쳐 줄게요."

"알았으면 어서 빨리 가르쳐──."

"마지막 ⅠⅠ 번이 하나 더 있어요."

츠토무는 재촉하는 유니스의 입을 다물게 하듯이 검지를 세우고 말을 막았다.

"놓은 스킬의 기술을 가르쳐 주는 건 상관없지만, 5일 뒤에 있을 금색의 선율의 파티 합동 연습에서는 힐러로서 분명한 성과를 보여줘야만 해요. 그럴 수 있나요?"

츠토무의 말에 유니스는 자신만만하게 팔짱을 끼고 내려다보듯이 턱을 들었다.

"결국은 너의 흉내를 내기만 하면 되는 거예요. 지금의 나에게는 네가 쓰는 스킬이 없을 뿐이에요. 그 기술만 손에 넣으면 레벨 45인 너에게 질 일은 없어요."

"알았어요. 그럼 5일 동안은 저는 유니스 씨가 희망하는 것만을 가르쳐 줄 거예요. 하지만 5일 뒤의 파티 합동 연습에서 힐러 역할을 하지 못했을 때는, 제 지도에 따를 것을 약속할 수 있나요?"

그런 제안을 받은 유니스는 미간에 주름을 잡고 츠토무를 노려봤다.

"힐러 역할을 못 한다는 판단은 네가 하는 건가요?"

"아니요, 그 판단은 클랜 리더인 레온 씨나, 다른 파티 멤버가 판정하도록 할 예정이에요. 제가 판단해도 의미가 없으니까요."

유니스는 어딘가에 함정이 없는지 경계하는 기색이었지만, 힐러 역할을 잘했는지를 레온이 판정한다고 듣자마자 표정을 풀었다.

"그럼 됐어요. 그러면 어서 놓는 스킬이라는 걸 가르쳐요."

"알았어요. 그럼 우선은 형태를 만드는 것부터 시작해요. 지금부터 제가 만들 테니까, 그 형상을 흉내 내보겠어요?"

"알면 됐어요."

츠토무가 시범 삼아 퐁퐁 놓는 헤이스트를 내보이자, 유니스는 만족스럽게 고개를 끄덕였다. 그리고 혼자서 놓는 헤이스트 연습을 하기 시작한 유니스를 무시하고, 츠토무는 스테파니를 돌아봤다.

"스테파니 씨는 어떡하시겠어요? 희망한다면 유니스 씨와 똑같이 대응할까 하는데요."

"아니에요, 저는 꼭 츠토무 님께 지도를 받고 싶어요. 저 따위는 츠토무 님과 비교하면, 고블린 메이지나 마찬가지니까요."

"아무리 그래도 그건 아니겠죠. 그리고 님이라고 하는 건 부끄러우니까, 씨로 부탁할게요."

"알겠어요."

스테파니는 지휘봉 같은 지팡이를 들고, 기합을 넣는 것처럼 손을 앞에서 쥐었다. 그 화려한 생김새와는 반대로 겸허한 스테파니를 본 츠토무는 왠지 모르게 안심하고 지팡이를 땅에 댔다.

"우선은 기초적인 연습부터 시작하도록 해요. 스테파니 씨는 날리는 스킬은 이미 사용할 줄 알죠?"

"예. 힐."

스테파니는 꽃이 활짝 피는 듯한 웃음을 지으며 힐을 날렸다. 츠토무도 마찬가지로 힐을 날려 자신의 앞에 정지시켰다.

"날리는 스킬은 힐러에게는 기본이에요. 우선은 이 스킬 조작을 난련하시 않으면 막상 일이 닥졌을 때가 무서우니까, 날리는 스킬을 중심으로 우선은 연습하도록 해요."

"알겠어요."

"그러면 우선은 힐을 제 주위로 돌려봐요."

"예."

스테파니가 지휘봉 같은 지팡이를 휘두르자, 츠토무 주위를 녹색 기체가 천천히 돌기 시작한다. 츠토무도 스테파니의 주변으로 힐을 횡횡 소리가 날 정도로 돌리자, 그녀는 눈을 크게 떴다.

"스킬 조작의 연습은 평소에도 하세요. 한가할 때 무언가의 주위를 돌리거나, 하늘로 날리거나 하는 것은 가능하니까요."

"예."

"날리는 스킬은 동료를 지원회복할 때 편리하지만, 몬스터에 맞아도 효과가 작용하고 말아요. 적에게 도움을 주게 되면 필연적으로 파티의 분위기가 나빠지고, 정신력의 낭비예요."

"그렇네요."

"그러니까 날리는 스킬의 조작 연습은 철저하게 할 거예요. 그거랑 에어리어 힐을 병용한 날리는 힐의 회복량 확보네요. 이쪽은 날리는 힐이나 메딕으로도 회복할 수 있다는 의식이 중요하니까, 한동안 이것을 의식해서 회복 스킬의 연습을 부탁할게요. 아, 기본적으로 오전 중에는 스킬을 중심으로 한 연습이고, 오후부터는 실전을 섞은 연습을 할 예정이에요."

"감사드려요. 열심히 하겠어요."

지팡이를 휘둘러 스킬을 쏘는 스테파니의 롤빵머리가 출렁출렁 흔들린다. 그 모습을 츠토무는 가슴이 훈훈해지는 것을 느끼며 함께 스킬 조작 연습을 했다.

지휘봉 같은 지팡이를 휘둘러 스킬을 조작하는 스테파니는 그 노란색 드레스와 어우러져 공주님처럼 보인다. 하지만 가끔 불어오는 약한 바람에도 과하게 스커트를 붙잡거나, 부끄러운듯이 가슴골을 손으로 가리는 일이 있었다.

아직 별로 친해진 것도 아니라서 말할지 말지 망설였지만, 츠토무는 스테파니에게 한 가지 물어봤다.

"스테파니 씨가 입고 있는 드레스는 던전산이죠? 혹시 차지 시프가 드롭하는 녀석인가요?"

스테파니가 입고 있는 노란색 드레스는 츠토무도 「라이브 던전!」에서 본 적이 있었다. 그것은 출현률이 낮은 협곡의 레어 몬스터인 차지 시프가 드롭하는 번개의 예복이라는 장비였다.

그러자 스테파니가 눈을 반짝이며 반응했다.

"맞아요! 희소성이 높아서 그다지 시장에 유통되지 않는 만큼 성능은 더할 나위 없고, 이것은 제가 직접 보물상자에서 손에 넣은 것이에요!"

"아~ 즉, 그냥 성능이 좋아서 입는 거죠?"

"그래요. 성능은 굉장히 좋지만, 노출이 조금 많은 것이 결점이에요……."

특히 가슴골의 노출도가 높아, 스테파니는 얼굴을 붉히며 그 부분을 가리고 있다. 츠토무도 되도록 보지 않도록 의식해야 할 만큼 그 복장은 자극적이었다.

"아시반 넌선 공략을 소금이라도 좋게 하려면, 이 장비가 가장 적합하니까요⋯⋯. 이것도 일이니까 어쩔 수가 없어요."

그러나 번개의 예복은 화룡을 돌파하지 않은 현재 상태로는 가장 성능이 좋고, 소생 특화 힐러와도 상성이 좋은 민첩 상승이라는 능력도 붙어 있다. 여러 명에게 레이즈를 걸고 몬스터의 표적이 된 다음에 시간을 끌 때, 자신의 움직임을 빠르게 하는 능력은 유용했다.

"뭐랄까, 고생이 많네요."

"이것도 조금은 익숙해진 편이에요⋯⋯. 처음에는 너무 부끄러워서 신의 눈을 피해서 도망쳤거든요."

성능은 좋지만 생긴 것이 이상한 장비는 「라이브 던전!」에서 많이 봤지만, 이 세계에서는 나름 사활문제인 모양이다. 스테파니의 겸허한 인물상과 복장이 어울리지 않는 것에 납득한 츠토무는, 애수에 찬 눈으로 신의 눈을 보고 있는 스테파니에게서 떨어졌다.

그리고 놓는 헤이스트를 연습하는 유니스의 모습도 보러 갔다. 하지만 유니스는 놓는 헤이스트의 모양을 잡는 것에 고생하는 기색이라 뒤에서 말을 걸었다.

"유니스 씨. 우선은 바닥에 깔린 돌판을 연상하는 게 좋아요. 그리고 그것을 점점 얇게 만들어가면 얇은 형태로 만들기 쉬워질 거예요."

"…………."

"기본적으로는 얇으면 얇을수록 소비하는 정신력을 줄일 수 있으니까, 되도록 저랑 똑같이 해 주세요."

츠토무는 유니스의 눈앞에 돌을 잘라낸 것처럼 두껍고 푸른 헤이스트를 내보이고, 실제로 위에서 점점 얇아지는 과정을 보여주었다. 그런 광경을 보게 된 유니스는, 자신의 기술을 아낌없이 가르쳐 주는 츠토무를 경계하듯이 "알았어요."라고 작은 목소리로 대답했다.

실전 경험의 차이

오전 중에 스테파니는 츠토무의 지시에 따라 날리는 스킬의 조작 연습과 회복량 확보의 의식 조성을 하고, 유니스는 놓는 스킬만을 습득하려 했다. 츠토무는 때때로 세 사람을 찍기 위해 날아다니는 신의 눈을 의식하며, 두 사람에게 스킬 조작에 관해서 조언했다.

"힐."

스테파니는 역시 알도렛 크로우에서 실전 경험이 있었던 덕분인지, 기본적인 것은 제대로 하고 있다. 게다가 어제의 정보 제공으로 날리는 힐로도 회복할 수 있다는 의식이 잡혔는지, 에어리어 힐을 깔면 실전에 투입할 수 있을 정도의 회복량은 확보하는 것 같았다.

'알도렛 크로우는 좋네. 교육이 제대로 됐어.'

정보원은 화룡전이 있기 전부터 츠토무를 체크했기 때문에, 그 정보를 근거로 스테파니는 다양한 밑바탕이 이미 잡혀 있었다.

그 때문에 스테파니는 츠토무가 말하는 것을 바로 이해하고 실천할 수 있는 능력이 있었다. 점점 스킬 조작이 능숙해지는 스테파니를 보고 츠토무는 감탄이 멈추질 않았다.

탐색자를 서포트하기 위해 다양한 사람을 고용하고 있는 클랜다 웠다. 어디까지나 이익을 추구한 결과 만들어진 클랜이지만, 츠 토무로서는 알도렛 크로우가 조금 마음에 들었다.

"자, 놓는 스킬이라는 건 재현해냈어요. 다음은 뭔가요?"

그리고 유니스는 득의양양한 얼굴로 완전히 평평한 헤이스트를 츠토무의 발밑에 설치했다. 유니스는 매우 건방지고 가르쳐 줄 마음이 전혀 들지 않는 태도이기는 하지만, 오전 중의 시간 만에 놓는 헤이스트가 가능할 정도의 능력은 있는 모양이었다.

츠토무는 놓는 헤이스트를 생각하고 실천해, 습득하는 데 3일 정도가 걸렸다. 흉내만 내는 것이라고 해도 몇 시간 만에 그것이 가능하다면 상당히 대단한 것이다. 아무리 그래도 입만 산 무능한 녀석은 아닌가 보다고, 츠토무는 생각을 수정했다.

"그러면 다음은 이거려나요?"

그렇게 말하고 츠토무는 다가오는 스켈레톤에게 메딕 탄환을 몇 발 날렸다. 그것을 본 유니스는 눈을 크게 떴지만, 금방 뻔뻔스러 운 얼굴로 되돌아왔다.

"그건 또 뭔가요?"

"쏘는 스킬이에요. 아마도 유니스 씨는 레온 씨를 지원하기 위해 놓는 스킬을 습득한 거겠죠? 그렇다면 쏘는 스킬도 순간적인 지원에 쓸 수 있으니까, 습득할 가치는 있어요."

"흥, 잘 알고 있네요. 맞아요. 나는 레온을 위해 스킬을 습득하고 싶을 뿐이에요. 그러니까 딱히 너 따위는 조금도 존경하지 않으니까, 잘난 척하지 마요."

레온을 거론해 보자 유니스는 갑자기 수다스럽게 말하기 시작했다. 대충 예상했던 말투에 츠토무는 허탈한 웃음을 지었다.

"그렇다면 쏘는 스킬도 쓸 수 있게 되는 편이 좋아요. 요령은, 유니스 씨는 화살을 상상하면 좋아요."

"흥, 알았어요."

"하지만 지금은 일단 휴식이에요. 오후부터는 실전을 섞은 연습을 할 거예요."

"벌써 휴식인가요? 고작 스킬 연습을 했을 뿐인데, 너는 벌써 지친 건가요?"

"이렇게 기분 나쁜 곳에서 점심 같은 걸 먹고 싶지 않으니까요. 그리고 최소한 앞으로 4일은 시간이 남아 있잖아요. 몇 시간 만에 놓는 헤이스트를 재현한 당신이라면 문제없을 거예요."

"뭐, 그렇게까지 말한다면 어쩔 수 없네요. 저레벨에 빈약한 너에게 맞춰주겠어요."

유니스는 어쩔 수 없다는 기색으로 물러날 것을 받아들이고, 혼자서 앞서서 검은 문으로 향했다. 그 도중에 스켈레톤이 유니스를 덮쳤지만, 성속성 스킬인 홀리로 금방 정화되었다.

'레벨에 어울리는 실력은, 일단 있는 모양이네.'

역시나 몇 년 전부터 탐색자로 활동한 만큼, 아마도 유니스는 그 작은 체구와는 반대로 츠토무보다도 체력이 있을 것이다. 덤벼드는 스켈레톤에 대한 대처도 빠르고 전혀 당황하지 않는다. 태도는 반항기 초등학생 같지만, 일정한 실력은 있는 모양이다.

"그러면 저희도 갈까요."

"예."

스트레스를 해소하듯이 스켈레톤을 정화하는 유니스를 무시하고, 츠토무는 스테파니와 함께 39층에서 귀환했다.

던전에서 길드로 돌아와 신대를 보니 카미유는 협곡, 가름은 계곡에서 각각 지도하고 있는 모양이었다. 가름 쪽은 아직 훈련 중이라, 탱커 직종의 사람들이 땀투성이가 되어 몬스터와 싸우고 있었다.

카미유 쪽은 절벽 위에서 느긋하게 점심을 먹고 있었다. 아무래도 본인이 다섯 명 분의 도시락을 만들어 왔는지, 레온이 상당히 감격한 기색으로 포토푀를 허겁지겁 먹고 있다.

"그러면 한 시간 뒤에 다시 이 장소에 집합을 부탁드려요."

그렇게 말한 츠토무는 두 사람과 헤어져 길드 식당에서 정식을 주문하고 한 자릿수대 신대 근처 자리에 앉았다. 그리고 카미유와 가름이 어떻게 지도하는지 볼 때, 누군가 어깨를 톡톡 건드렸다.

"죄송해요. 함께 식사를 해도 괜찮을까요."

부드러운 가는 손가락으로 어깨를 건드린 것은, 탐색자로는 생각하기 어려운 용모와 복장을 한 스테파니였다. 츠토무가 앉으라고 손짓하자 스테파니는 인사하고 마주 보는 자리에 앉았다.

점심시간이라 주변의 자리는 거의 차서, 식당의 종업원이 바쁘게 뛰어다니고 있다. 길드가 실내에서 운영하는 식당은 그렇게 맛이 좋은 것도 아니다. 하지만 신의 던전에서 가장 가깝고, 주요 손님층인 탐색자는 공복이라는 양념이 있으니까 아주 맛없지만 않으면 상관없을 것이다.

지극히 평범한 샌드위치에 큼직한 건더기가 들어 있는 수프가 담긴 쟁반을 받자, 맞은 편에 앉아 있는 스테파니는 애매한 웃음을 지었다.

　"유니스 씨라는 사람은, 아직 실전 경험은 없는 건가요?"

　"예. 그렇겠죠."

　"그렇군요. 그럼 조금은 납득이 되요. 한 번 실전을 경험하면, 당신이 얼마나 신경을 써서 움직이는지 알 수 있으니까요."

　스테파니는 자신감을 잃은 듯한 표정으로 말했다. 츠토무는 셀프서비스인 냉수를 마신 뒤, 신대에서 본 스테파니를 떠올리며 이야기를 꺼냈다.

　"스테파니 씨는 아직 힐러가 즐겁지 않은 거죠?"

　"그래요."

　츠토무의 말에 스테파니는 나직이 중얼거렸다. 그리고 자신에게서 나온 말을 막는 것처럼 입을 손으로 덮었다.

　"아니요! 아니에요! 힐러의 취급이 바뀐 것은 정말로 기뻐요!"

　"그렇다면 다행이에요."

　"예?"

　"분명 스테파니 씨는 아직 힐러에 익숙해지지 않았을 뿐이에요. 앞으로 최소 4일은 제가 지도할 예정인데, 그 기간 동안에 상당히 익숙해질 테니까 문제없어요."

　지도하는 기간은 최대 한 달까지 예정하고 있지만, 일주일이 지날 때마다 각 클랜은 지도를 더 받을지 말지를 선택할 수가 있다. 따라서 자신의 클랜으로 돌아가 파티 합동 연습을 해, 더는 지도가 필요 없다고 생각한다면 참가하지 않아도 된다.

하지만 그 말을 스테파니는 믿을 수 없다는 기색이었다.

"어, 어째서 그렇게 생각하시나요? 솔직히 저는 힘들어요. 힐러라는 역할은 매우 신경을 써야 하지 않나요……. 저에게는 굉장히 어려워요."

"확실히 처음에는 어려워요. 지원 효과의 시간에는 쫓기지, 회복도 빨리 해야 하죠. 그리고는 몬스터의 어그로도 관리해야 하니까요. 신대에서 본 걸로는 스테파니 씨는 지원 효과 시간 파악에 고생하는 모양이었으니까요."

"예, 맞아요. 지원이 끊기면, 모두에게 죄송해요. 마치 시간에 계속 쫓기는 것 같아요. '

"괜찮아요. 그건 능숙해지면 해결되는 문제예요."

"예……?"

츠토무의 대답에 스테파니는 눈을 깜빡였다.

하지만 힐러를 담당하는 사람은 누구나 한 번쯤은 그렇게 생각하게 된다. 파티 전체에 대한 회복이 끊기지 않게 하고, 몬스터의 어그로에 신경 쓰면서도 전체를 보며 회복하는 것. 그것은 다양한 BOT이 있어 관리가 편한 「라이브 던전!」에서도 괴로움에 비명을 질렀다.

힐러는 지원 효과 시간과 아군의 체력 게이지, 몬스터의 어그로 게이지를 보고 상황에 맞는 지원회복을 해야만 한다. 더욱이 아군이 죽었을 때는 레이즈로 되살려야 하고, 그렇게 되면 스킬을 사용하기 위해 정신력이 몽땅 바닥이 난다.

그리고 「라이브 던전!」에서는 한 번이라도 지원이 끊기면 폭탄 힐러라고 채팅이 올라오고, 누군가가 죽으면 회복이 늦다고 매도가 쏟아진다. 너무 과한 지원회복 때문에 심하게 어그로를 끌어 몬스터의 목표가 되기라도 하면, '힐러 접어라, 발컨아.' 같은 소리를 듣는 것이 일상이다.

그런 상황 때문에 힐러는 파티에서 가장 책임을 지는 역할이라고도 하면서, 마조밖에 하지 않는다고 말할 정도였다. 실제로 그런 소리를 들어도 어쩔 수 없는 역할이다.

하지만 그런 고난을 뛰어넘은 뒤에 보이는 세계가 있다. 인구가 적은 힐러 중에서도 능숙한 사람은 파티를 자유롭게 선택하고, 사령탑이 되어 전장에 선다. 어둠의 세력가, 배후의 지휘관, 그것은 적어도 츠토무에게는 멋진 역할이었다.

"능숙해지면 지원이 끊기는 일은 없어지고, 회복과 어그로도 문제없이 대처할 수 있게 돼요. 그 괴로움에서 해방되려면 오로지 연습밖에 없죠. 간단하죠?"

"아, 예에……. 하지만 저는 츠토무 씨처럼 될 수는 없어요."

"괜찮아요. 스테파니 씨는 제가 말하지 않았어도 이만큼 형태가 잡혀 있으니까, 자신감을 가져도 돼요. 제가 보증할게요."

그 칭찬은 스테파니에게는 기쁜 것이었다. 하지만 동시에 마치 바닥없는 늪으로 끌어들이는 듯한 말이기도 했다. 스테파니는 기쁨 반 두려운 반이라는 느낌으로 입꼬리를 움찔거렸다.

"그, 그것은 대단히 영광이지만, 아직 멀었어요. 저는."

"좋아요, 그러면 오로지 연습뿐이죠. 그럼 이 테이블 다리로 날리는 스킬을 연습해요."

"예?"

"결국 그 불안을 없애려면 연습해서 실력을 쌓는 수밖에 없으니까요. 일."

그렇게 말하고 정식을 먹으며 힐을 돌리기 시작한 츠토무를 보고, 스테파니도 이끌리듯이 스킬을 날려 돌리기 시작했다. 테이블 아래를 힐이 교차하는 광경을 보고, 주변 탐색자는 신기하다는 표정을 짓고 있었다.

▷▷

점심을 마친 뒤에는 다시 39층으로 들어가, 이번에는 실전일 때의 힐러 연습을 했다.

"예, 그러면 지금부터 공동묘지로 가겠어요. 거기서 실전 연습을 하도록 하죠."

39층에는 스켈레톤이 거의 무한정 생겨나는 공동묘지라는 장소가 존재한다. 대량으로 굴러다니는 사람 뼈로 스켈레톤을 재구축하는 몬스터인 데미 리치가 존재하는 공동묘지는, 전이할 때 가끔 도착하게 되는 일이 있는 장소다.

스켈레톤을 해치워도 데미 리치를 없애지 않는 한은 입자화되지 않고 바로 부활한다. 그곳을 빠져나가기 위해서는 상당한 거리를 걸어야 하는, 탐색자에 대한 심술 같은 장소다.

하지만 스켈레톤의 출현 상한이 열 마리라는 것과 성속성 공격이라면 뼈도 남기지 않고 정화시킬 수가 있다. 그러므로 성속성 딜러단이 있는 백마도사, 회마도사, 성기사가 있으면 돌파하기 쉽고, 싸우지 않고 그곳에서 탈출한다는 방법도 있다.

하지만 시간 경과나 스켈레톤을 소멸시킨 숫자에 따라 상위 몬스터가 출현하게 되어 있고, 마지막에는 황야 계층주보다 더욱 강한 히든 보스 같은 데미 리치에, 대량의 스켈레톤과 뼈 계열 대형 몬스터가 드물게 출현한다.

「라이브 던전!」에서도 초기 레벨링 장소로 알려졌던 그 장소에서 츠토무는 실전 연습을 할 예정이었다. 그리고 이 세계에서도 좋은 레벨링 장소로 알려져 있었던지라, 유니스는 불쾌하다는 듯이 눈을 가늘게 뜨고 덤벼들었다.

"어째서 내가 너의 레벨링에 어울려줘야 하는 거죠."

"결국 앞으로 5일 뒤에는 클랜에서 힐러를 할 테니까요, 예습은 해두는 편이 좋아요. 그러면 처음에는 유니스 씨가 딜러고, 스테파니 씨는 힐러를 부탁해요! 한 시간 정도로 두 사람의 역할을 교대할 테니까요."

"알았어요."

투덜투덜 불평하면서 따라오는 유니스. 대답을 한 스테파니는 바로 츠토무와 유니스에게 지원 스킬을 부여했다. 그리고 지원이 지속되는 나머지 시간을 작게 읊조리며 공동묘지를 향해 가는 두 사람을 따라갔다.

그 도중에 쏘는 스킬을 연습하는 유니스에게 말을 걸었다.

"쏘는 스킬은 날리는 스킬과 달리, 조작하려고 하지 말고 일직

선으로만 쏘는 느낌으로 하는 편이 좋아요. 그리고 되도록 작게 모아서 회전시키면 속도도 올라가요."

"상당히 착실하게 가르치네요. 뭘 꾸며대고 있는 거죠?"

"힐리의 빌진과 잎으모의 미레러니요."

"퉤, 수상쩍은 녀석이네요."

사람 좋아 보이는 웃음을 의식적으로 지어 보이며 한 말을 듣고, 유니스는 바닥에 침을 뱉었다. 이번에 한에서는 진심으로 대답했던 츠토무는 어깨를 으쓱인 뒤에 스테파니에게도 지속시간 파악은 계속 하도록 지시를 내리며 걸어갔다.

그리고 묘비가 쭉 늘어선 기분 나쁜 공동묘지가 보이기 시작한 것을 확인한 츠토무는, 다시금 두 사람에게 역할 지시를 내렸다.

"유니스 씨는 역할상 딜러지만, 자신에게 다가오는 몬스터만 잡으면 돼요. 그래도 일단은 스테파니 씨의 힐러는 봐두는 편이 좋아요."

"그렇게 하겠어요. 너를 돌봐주는 건 절대로 사양하겠어요."

유니스는 어린아이처럼 혀를 내민 뒤, 조금 전 츠토무가 말했던 대로 이미지를 떠올려 쏘는 스킬의 연습을 시작했다. 츠토무는 딱히 아무 말도 하지 않고 스테파니 쪽으로 돌아봤다.

"스테파니 씨는 힐러를 부탁드려요. 기본적으로 저는 배리어를 사용해 공격을 막을 테니까 다치거나 하지는 않겠지만, 정기적으로 힐과 메딕을 날려주세요. 그리고 이번에는 지원 스킬이 끊기지 않도록 의식하며 해 주세요."

"예."

스테파니에게 지시를 내린 츠토무는 이미 바닥에서 나타나기 시작한 해골에 에어 블레이드를 날려 자신을 타깃으로 삼게 했다.

그리하여 백마도사 3인의 싸움이 막을 올렸다.

머리가 터질 것만 같아요

"메딕 줘요 메딕 메딕! 계속해서 쏘지 않으면 늦어요! 프로텍트 앞으로 20초! 헤이스트는 35초! 아까부터 지원 스킬의 시간이 따로따로 놀아요! 일부러 의도하는 느낌이 아니니까, 제대로 통일해요!"

"아, 알겠어요오!!"

마치 경매라도 주최하고 있는 듯한 츠토무의 목소리와 스테파니의 비명이 공동묘지에 울려 퍼진다. 전투가 시작되고 1분 정도 지나자마자 스테파니에게 사정없이 지시를 날려대는 츠토무를 보고, 유니스는 완전히 질린 기색이었다.

"아, 지금 프로텍트 잘못 쐈어요!"

"죄, 죄송해요……."

"홀리! 괜찮아요! 알도렛 크로우 파티에서 힐러 할 때는 사과하는 편이 좋지만, 여기서는 사과하지 않아도 돼요! 얼마든지 실수해도 돼요! 그리고 점점 개선해 가도록 해요!"

프로텍트를 받고 황토색 기운을 두른 스켈레톤을 바로 빛의 기둥으로 정화한 츠토무는 순간적으로 주변을 둘러봤다. 그리고 지면에서 새롭게 나온 스켈레톤의 손을 두더쥐 잡기 하듯이 지팡이로 툭툭 때려갔다.

"지원회복만 생각해요! 상대는 둘밖에 없어요!"

"이미 머리가 꽉 찼어요!"

"그럼 됐어요! 슬슬 스켈레톤 아처도 나올 거예요! 사선은 이쪽에서 흩트려 놓겠지만, 일단 장거리 공격에는 경계하세요! 유니스 씨도요!"

"…………."

손에 든 지팡이로 스켈레톤의 머리를 투닥투닥 때려서 어그로를 끌고, 홀리로 차례로 정화시키는 츠토무를 유니스는 곤혹스러운 표정으로 보고 있었다.

그리고 힐러인 스테파니는 초조함을 조장하는 츠토무의 의도대로 훌륭하게 당황하고 있었다. 특히 지원 스킬의 효과 시간 통일과 메딕을 잔뜩 요구받는 일은 처음이었기 때문에, 그 초조함은 평소보다도 심했다.

그리고 스켈레톤이 일정수 정화되어, 다음은 활로 자신의 뼈를 날리는 스켈레톤 아처가 출현하게 되었다. 그때부터 츠토무는 배리어를 사용해 날아오는 뼈를 막으며 스테파니에게 계속해서 지시를 내렸다.

"그리고 회복량도 미묘하게 떨어진 모양이니까, 제대로 회복할 수 있다고 의식해요!"

"예~에!"

다가오는 스켈레톤과 날아오는 뼈를 치워내며 지시하는 츠토무를 보고, 스테파니는 약간 눈물을 머금으며 열심히 지원회복을 했다. 지금까지 알도렛 크로우의 정보원에게 듣지 못했던 것도 계속해서 듣게 되어, 스테파니는 머리가 터질 것만 같았다.

그리고 그런 느낌으로 한 시간 동안 힐러를 담당했던 스테파니는 숭농묘시늘 나오사 머리를 양손으로 부여잡았다.

"머리가 터질 것만 같아요……."

"괜찮은가요? 뭐, 이 정도라면 점차 익숙해질 거예요."

"익숙해지나요?! 저한테는 역시 불가능하다는 생각만 드는데요?!"

"괜찮아요. 앞으로 4일이나 있으니까 익숙해질 거예요. 열심히 해봐요."

"정말인가요……."

격려하는 츠토무를 반신반의하는 기색인 스테파니는, 기분 탓인지 상징적인 핑크색 롤빵머리도 시들어 있는 것처럼 보였다.

"오히려 그 정도까지 할 수 있었다면 잘한 거예요. 그러면 다음은 유니스 씨가 힐러를 맡아주세요. 스테파니 씨는 딜러지만, 뭐 휴식이나 마찬가지예요. 그 사이에 조금 전의 반성을 하고, 개선할 수 있도록 노력해 주세요."

"필요 없어요."

"예?"

저도 모르게 되물은 츠토무에게 유니스는 팔짱을 끼고 위협하듯이 콧소리를 냈다.

"너에게 지시받는 건 사양이에요."

"아…… 그러면 유니스 씨는 힐러 연습을 안 하겠다는 건가요?"

"이곳에 내가 와 있는 목적은, 너의 스킬을 훔치기 위해서예요. 그 이상도 그 이하도 아니에요."

그렇게 내뱉고 전혀 지도를 듣지 않는 느낌인 유니스를, 츠토무는 어떻게 해야 하나 궁리했다.

"힐러 연습을 안 하면 결과적으로 레온 씨에게도 폐를 끼치게 될 텐데요? 그건 알고 하는 말이죠?"

"당연하죠. 중요한 것은 내가 너와 마찬가지로 지원회복을 하면 될 뿐. 나라면 너에게 지도받지 않아도 할 수 있어요."

레온을 거론해봐도 일절 물러나지 않는 유니스를 보고, 츠토무는 이 5일 동안 그녀에게 힐러를 가르쳐준다는 방침을 포기했다. 아마도 지금 상태로는 그녀가 자신의 지노를 들어줄 것 같지 않다. 따라서 다른 수단을 취할 필요가 있었다.

"그렇구나. 알았어요. 그러면 제가 지금까지 사용했던 기술을 전부 가르쳐 줄게요. 그럼 만족하나요?"

그렇게 제안하자 유니스는 허를 찔린 듯한 표정을 지었지만, 금방 언짢아 보이는 표정으로 돌아왔다.

"만족해요."

"응. 그럼 오전 중에도 말했던 대로, 유니스 씨가 원하는 대로 연습하면 돼요. 모르는 것이 있다면 뭐든지 물어봐요. 제가 알고 있는 것이라면 답해 주고 가르쳐 줄 테니까요."

"흥. 그래 주면 이쪽으로서도 정말 좋아요."

그렇게 말을 남기고 유니스는 그 자리에서 떨어져 쏘는 스킬의 연습을 시작했다. 불안한 표정으로 두 사람을 보던 스테파니는 심

하게 싱글거리는 츠토무를 보고 좋은 안 좋은 예감이 들었다.

"그런 이유로 유니스 씨는 이미 힐러를 할 수 있다고, 연습은 필요 없다네요."

"그럴, 까요?"

"신대에도 이 영상은 흐르고 있으니까, 관중들이 유니스 씨의 말을 똑똑히 들어줬을 거예요. 지도 포기로 보거나 하진 않겠죠. 아무리 그래도."

위쪽에서 내려다보듯이 자리 잡고 있던 신의 눈에 츠토무는 가볍게 손을 흔든 뒤 스테파니 쪽으로 몸을 돌렸다.

"그렇다는 건 유니스 씨가 힐러 연습을 하지 않는 만큼 시간이 비었네요."

그 말을 들은 스테파니는 식은땀을 흘린 뒤에 생각이 떠오른 것처럼 고개를 들었다.

"츠토무 씨! 유니스 씨는 아마도 자존심이 강할 뿐일 거예요!"

"그런가요?"

"예. 백마도사가 레벨을 70까지 올린다는 것은 굉장히 힘든 일이니까요. 유니스 씨가 레벨을 중시하는 그 마음은, 저도 이해가 안 되는 것은 아니에요. 솔직히 저도 이 장소에서 상당히 고생하며 레벨을 올렸던 시기도 있었으니까요."

"그랬군요. 그럼 슬슬 연습을 다시 시작해요."

"게, 게다가 츠토무 씨는 처음에 금 보물상자가 나온 럭키 보이로 유명했었잖아요? 그런 신인이 첫 시도에 화룡을 돌파하고 단숨에 추월한다면 누구나 화가 날 거예요. 반년 가까이 화룡에게 도전했던 사람이라면 더욱 그래요. 그러니까 유니스 씨를 데리고 오는 편이 좋다고 생각해요!"

"본인이 그렇게 말하니까 어쩔 수 없잖아요. 이제는 적어도 5일 뒤의 파티 합동 연습 때까지는 보류하는 수밖에 없어요. 자, **공동 묘지**로 다시 가세요."

"유니스 씨!! 빨리 돌아와 주세요!! 저도 휴식을 취하고 싶어요!! 이대로라면 제 머리가 어떻게 될 것 같아요!!"

스테파니는 달려가 유니스를 따라잡아 어떻게든 데리고 돌아오려 했지만, 금색 꼬리를 흔들고 있는 그녀는 고개를 끄덕이는 일은 없었다. 그리고 약간 불쌍히 여기는 눈으로 발돋움을 해, 스테파니의 어깨를 툭 두드렸다.

"알도렛 크로우는 힘들겠네요. 저런 저레벨이 시키는 것도 따라야 하다니."

"그런 것은 됐으니까, 당신도 연습에 참여해 주세요!"

"싫어요."

아무리 그래도 같은 레벨은 스테파니에게는 그렇게까지 실례되는 태도를 보이지는 않는지, 유니스는 정말로 불쌍한 사람을 배웅하는 듯한 눈을 하고 있었다.

"스테파니 씨. 가요오. 유니스 씨도 개인 연습을 해도 좋으니까, 일단 따라와 주세요오."

"아아……."

그렇게 스테파니는 츠토무와 함께 다시 공동묘지에서 힐러를 맡았지만, 저녁 무렵에는 망가진 인형처럼 초만 헤아리게 되었다.

지도의 성과

그 뒤로 4일 동안은 대체로 비슷한 연습이 39층에서 이루어졌다. 유니스는 츠토무에게 날리는 스킬, 놓는 스킬, 쏘는 스킬, 거기에 에어리어 힐을 지면에 펼쳐 회복량을 올리는 기술을 배워, 전부 사용할 수 있게 되었다.

"이제 너의 기술은 전부 훔쳤어요."

"축하해요."

츠토무는 진심으로 유니스를 축복했다. 이것으로 좋알좋알 시끄러운 새끼 여우가 사라진다고 생각하면 속이 시원했기 때문이다.

츠토무는 지도를 받을 마음이 전혀 없는 유니스를 일단 포기하기로 했다. 유니스는 자신의 말로는 절대로 움직이지 않는다. 아마도 사랑하는 레온이 말하지 않으면, 유니스가 마음을 바꿀 일은 없을 것이다. 따라서 츠토무는 내일 있을 파티 합동 연습의 결과로 유니스의 마음을 바꿔주자고 생각했다.

"뭐, 조금 정도는 감사해줄게요. 순순히 나의 발판이 되어 주어서 고마워요. 그 점만은 감사하겠어요."

"아니 괜찮아요, 금색의 선율로 돌아간 뒤에도 더욱 많은 활약을 기대할게요."

"…………."

표면만이 아닌 진심으로 말하는 듯한 츠토무의 말에, 유니스는 의외라는 듯한 표정을 지었다.

단지 유니스는 실제로 놓는 스킬, 쏘는 스킬 등의 습득속도는 빨랐기 때문에, 츠토무는 어느 정도는 높이 평가하고 있었다. 쏘는 스킬도 츠토무가 하는 총의 탄환이라는 이미지를 그대로 흉내 냈고, 놓는 스킬도 상당히 완성되었다. 아마도 스킬 기술만이라면 유니스는 츠토무와 동등한 정도까지는 성장해 있었다.

"내일 있을 파티 합동 연습, 열심히 하세요."

"흥. 이제는 너에게 아무 말도 들을 이유가 없어요. 말 걸지 마세요."

따라서 유니스가 정말로 보는 것만으로 힐러의 움직임을 배웠다면 활약할 가능성이 없다고는 할 수 없었다. 만약 활약해 준다면 그것이 신대에 찍혀 힐러의 지위도 향상된다. 그렇게 되면 츠토무로서도 기쁘니까 진심으로 하는 말이었다.

"1, 2, 3……."

그에 반해 스테파니는 스킬을 공중에 여러 개 전개하며 그저 초를 헤아리고 있었다.

스테파니는 오전 중에 날리는 스킬을 철저하게 연습시키고, 오후에는 츠토무가 딱 붙어서 실전 연습을 했다. 그 전투 중에 스테파니는 많이 실수했지만, 츠토무의 목소리가 멈추지 않고 울려 퍼져 계속해서 수정되었다.

그리고 그 연습을 성실하게 한 덕분인지, 5일째에는 세 사람에게 지원회복을 하면서 츠토무에게 불평을 듣지 않게 될 정도로 성장했다. 하지만 그 대가로 맑았던 스테파니의 눈이 조금 탁해진 것처럼 보였다.

"스테파니 씨는 다음 주에도 오나요?"

"예. 당연하죠. 아직 더 다듬어야 할 부분이 많이 있으니까요."

"그런가요. 그럼 일단 내일, 알도렛 크로우에서 잘해 주세요."

"예. 36……."

스테파니는 오후 실전 연습을 거쳐 파죽의 기세로 성장하고 있다. 1초의 어긋남조차 놓치지 않는 츠토무의 체내시계를 통해 흘러나오는 지원 스킬의 효과 시간을 알려주는 목소리. 그 밖에도 힐러에게 필요한 다양한 것들을 스테파니는 배웠지만, 그것을 전부 받아들인 그녀도 여간내기가 아니었다. 정보원의 지도로 밑바탕이 있었다는 것도 있지만, 스테파니 본인이 힐러가 성향에 맞았다는 것도 영향이 클 것이다.

스테파니는 츠토무와 점심을 함께 먹었을 때, 아군의 지원이 끊기니까 고통스럽다고 했었다. 하지만 그것은 누구나가 느끼는 감정이 아니다. 몬스터의 위협에 동료들의 압박. 그 사이에 끼면서도 자신을 질책하는 사람은 그리 많지 않다. 그것이 설령 겉치레라고 해도, 스테파니는 틀림없이 힐러로 대성할 인격을 지녔다.

"그러면 여러분 모두 5일 동안 수고했어요."

"잘 있어요."

"수고하셨어요. 다음 주에도 지도를 잘 부탁드리겠어요."

유니스는 몸을 획 돌리고 기분 좋은 듯이 여우 꼬리를 흔들며 돌아갔다. 스테파니는 드레스 끝을 잡고 고상하게 인사를 하고는, 여러 스킬을 공중에서 돌리며 돌아갔다.

그렇게 해서 5일에 걸친 츠토무의 일러 시노는 일난 막을 내렸다. 츠토무가 지친 듯이 기지개를 켜고 있자, 이미 던전에서 귀환했던 카미유가 다가왔다.

"츠토무도 끝났구나. 고생 많았다."

"아아, 고생하셨어요."

"뭔가 그쪽은 상당히 유쾌한 아이가 있었던 모양이더구나, 그렇지 않아요?"

"하, 하, 하. 어째서 그딴 녀석을 금색의 선율이 보냈는지, 전혀 이해가 안 되는 거예요. 장난치는 걸까요?"

농담하듯이 뒷말을 붙인 카미유에게 츠토무도 정색하고 농담으로 답했다.

"나도 어째서 그 아이를 츠토무의 지도에 보냈는지 가볍게 물어봤는데 말이다. 결국 얼버무리더구나. 일단 내 쪽에서도 충고는 해두었지만, 그다지 진심으로 받아들이지는 않는 모양이었다."

"뭐, 내일 파티 합동 연습에서 심한 결과가 나오면 레온 씨도 뭔가 생각할 거고, 잘한다면 잘하는 대로 좋아요. 어느 쪽이든 목적은 달성할 수 있으니까요."

내일 파티 합동 연습에서 유니스가 처참한 결과로 끝난다면, 사랑하는 레온에게 무언가 말을 듣고 조금은 성실하게 지도를 받아들이게 될 것이다. 그리고 만에 하나라도 능숙하게 힐러를 할 수 있다면 그것도 괜찮다. 츠토무의 목적은 소생 특화 힐러라는 역할을 없애는 것이니까, 어떻게 굴러가더라도 문제는 없다.

"뭐, 그런 잔기술만으로 힐러는 할 수 없겠지만요."

츠토무가 살았던 세계에서는 스킬이라는 것은 존재하지 않고, 게임 속에서만 있는 것이었다. 따라서 당연히 츠토무는 스킬 조작이라는 기술을 사용하는 것이 처음이라 아직 어설프다. 츠토무가 한발 앞서 날리는 힐을 사용했었지만, 연습하면 다른 백마도사도 손쉽게 흉내 낼 수 있는 기술이다.

따라서 츠토무의 무기는 높은 기술력만이 아니라, 그것을 살리는 지식의 비중이 더 크다.

7년 동안 「라이브 던전!」에서 길러왔던 힐러의 지식과 경험. 그것과 이 세계 특유의 기술이 합쳐져 처음으로, 힐러라는 역할을 완전히 소화할 수 있는 것에 지나지 않는다. 이 세계에서 습득한 기술만이라면, 츠토무는 아직 반년도 되지 않는 뉴비였다.

츠토무의 시커먼 웃음에 카미유는 성대한 쓴웃음으로 답했다.

"정말, 가름과 에이미가 안 봐서 다행이구나. 그 두 사람은 틀림없이 화냈을 거다."

"하하하⋯⋯. 가름은 특히 화낼 것 같네요. 그런 부분은 성실하니까요."

가름은 탱커 지도를 했고 에이미도 밀렸던 감정 일을 한창 소화하는 중이라, 츠토무가 힐러 지도를 하는 모습은 보지 않았다. 따라서 금색의 선율로 두 사람이 쳐들어갈 일은 없을 것이다.

그때 카미유가 하나의 신대를 가리켰다.

"봐라, 가름 녀석은 아직도 훈련하고 있다. 곤란한 녀석이지."

"탱커 직종의 의욕은 엄청나니까요. 가름도 자극받은 게 아닐까요."

"그렇겠지."

백마도사도 지원소생 특화라는 일회성 역할이 퍼져, 츠토무가 보기에는 불우했다. 하지만 그래도 힐러는 파티 자리를 하나는 확보하고 있던 것이다. 그것에 비해 탱커 직종은 훨씬 비참해서 완전히 일선에서 밀려난 존재였다.

그 때문에 불우한 상황에서도 탐색자를 계속했던 탱커 직종들에게는 지금이 하늘이 내린 기회였다. 따라서 의욕의 정도가 전혀 달라, 연습도 3종 역할 중에서 가장 빨리 시작되고, 가장 늦게 끝나는 상황이었다.

"너무 열심히 하다가 쓰러지지 않으면 좋겠는데 말이죠."

"정말이다. 우리 쪽은 솔직히 아주 느긋한데 말이다."

"뭐, 딜러는 의식 문제만 있었으니까요. 카미유가 말하면 모두 납득할 거고요."

딜러는 파티에 들어갈 자리가 많지만, 그런 만큼 신대에 나올 기회도 매우 많다. 그리고 그 활약하는 모습을 보고 동경하는 사람들이 모조리 몰려들기 때문에 신규 유입이 왕성해서 경쟁률이 의외로 높았다. 그 때문에 대형 클랜에 들어간 딜러의 실력은 보장되어 있었다.

그래서 카미유는 딱히 기술적인 지도를 하지 않고, 3종 역할 속에서는 절대로 과한 공격을 하지 말 것이나, 지금까지의 개인기는 없다는 것을 철저하게 지도했다.

"뭐, 내일 파티 합동 연습이 기대되네요."

"그렇구나. 과연 얼마나 모양이 나올는지."

츠토무와 카미유는 내일 각 클랜이 어떤 식으로 전투를 보여줄지를 상상하고, 얼굴을 맞대 즐겁게 웃었다.

▷▷

다음 날에 츠토무는 길드에서 대형 클랜이 오는 것을 기다리고 있자, 먼저 금색의 선율이 보였다.

'뭘 하는 걸까. 가름은.'

금색의 선율이 접수를 마친 것을 확인한 츠토무는, 탱커 여성들에게 뜨거운 격려를 보내고 있는 가름을 발견했다. 그리고 자각 없이 탱커 직종 여성의 손을 잡은 가름을 보고, 금색의 선율의 클랜 리더인 레온이 토라진 기색이다. 가까이서 딜러와 인사를 나누던 카미유도 저도 모르게 쓴웃음을 짓고 있다.

가벼운 수라장이 벌어진 광경을 바라보고 있자, 잠시 뒤에 금색의 선율의 파티가 출발했다. 츠토무는 상위 신대로 눈을 돌려 확인해 내려가자, 계곡층으로 전이된 금색의 선율 파티를 발견했다. 파티 구성은 딜러 둘, 탱커 둘, 힐러 하나인 모양이었다.

'어떻게 되려나.'

레온에게 홀딱 반한 것이 뻔히 보이는 유니스를 보며, 엄마가 아이의 눈을 가릴 일에 열중인 금색의 선율 파티를 생기 없는 눈으로 지켜봤다. 하지만 유니스에게만은 그런 행위를 하지 않는 레온을 보고 츠토무가 고개를 갸웃거리고 있자, 금색의 선율 파티는 몬스터와 접촉했다. 그 순간 츠토무는 진지하게 신대를 보기 시작했다.

"컴뱃 크라이!"

가장 먼저 탱커에 의한 어그로 잡기는 빠르다. 역시나 가름이 스파르타로 가르친 보람이 있었는지 움직임이 빠릿빠릿하다. 거기에 더해 츠토무가 탱커에 관한 자료도 제공했기 때문에 눈에 띄는 문제는 찾아볼 수 없다.

"헤이스트."

그런 중에 유니스는 미궁도시 제일가는 민첩성을 보유한 레온에게 날리는 스킬을 사용했지만, 확연하게 속도가 따라가질 못했다.

금색의 선율의 클랜 리더인 레온은 카미유와 마찬가지로 유니크 스킬을 보유하고 있다. 금색의 가호(골드 블레스)라는 그 유니크 스킬은 자신의 가장 높은 스테이터스를 두 단계 끌어올린다는 단순한 것이지만, 그렇게 때문에 레온은 가장 빠른 자라는 별명을 독차지할 수 있었다.

하지만 유니스는 전투의 상황을 전혀 보지 못하고 있다. 레온에게만 의식을 집중하고 있는 탓에 탱커에게는 아직 프로텍트도 부여하지 않았다. 물론 회복 스킬도 날리지 않았고, 회복력 확보를 위한 에어리어 힐조차 설치하지 않았다.

"유니스? 레온에게만 지원을 보내지 말고, 우리에게도 줘."

"미, 미안해요."

그리고 웅인(熊人. 곰 인간)인 키가 큰 탱커 여성에게 주의를 받고, 유니스는 여우 귀를 접으며 사과했다.

그 뒤로는 탱커에게 프로텍트는 걸게 되었지만, 지원 효과 시간은 엉망진창. 회복 스킬을 잘못 써서 몬스터에게 맞히는 것은 당연지사. 어그로 관리 같은 것을 할 수 있을 리도 없어, 완전히 탱커에게 떠넘기고 있는 지독한 꼴이었다.

'이건 내가 한 거지만 심각한 폭탄 힐러가 만들어졌는데.'

더는 두고 볼 수 없을 정도로 심각한 유니스의 행동에 카미유는 껄껄 웃고 있다. 가름도 저도 모르게 고개를 갸웃거리며 신대를 보고 있었다.

저만큼 힐러가 심각하면 탱커도 완전히 기능하지 못한다. 5일 동안 가름에게 철저하게 단련을 받은 탱커들이라도 지원회복이 없으면 오래는 버티지 못한다.

게다가 금색의 선율의 탱커 직종들은 레온에게 양식되어 레벨만 올라간 면도 있다. 그래서 레벨은 70으로 가름보다 높지만, 실력은 그다지 좋지 않다. 따라서 힐러가 기능하지 않으면 힘들었다.

"저기! 전혀 회복이 오지 않잖아?!"

"…………"

유니스도 첫 실전으로 머리가 돌아가지 않는지, 날리는 힐을 제대로 의식하지 못해 회복량이 낮아진 모양이다. 게다가 날리는 스킬마저도 제어가 위태로워져, 이제는 분무기로 뿌리는 듯한 스킬밖에 날리지 못하고 있다.

그리고 힐러가 전혀 기능하지 않고 탐색은 이어져, 전투가 상당히 괴로워 보였다. 만약 계곡이 아니라 연전이 많은 협곡이었다면, 틀림없이 실력이 부족한 탱커는 죽었을 것이다.

"처음에는 이런 거지! 다음 가자고!"

클랜 리더인 레온이 밝게 격려해 분위기를 띄워, 파티는 기세를 되찾고 계곡을 나아간다. 하지만 그 뒤로도 3종 역할이 기능하지 않는 전투가 이어지면서 파티의 분위기는 계속해서 나빠지기만 할 뿐이었다.

그리고 그 원인은 누가 보더라도 명백했다. 힐러인 유니스가 기능하지 않는 것, 오직 그것뿐이다. 탱커는 미숙한 와중에도 버던트 울프나 스피어 디어의 공격을 유도하고 있었고, 딜러도 어느 정도 공격을 억제하고 있다.

그런 중에 힐러만이 기능하지 않는다고 하면, 뭔가 한마디 정도는 듣게 될 것이다. 츠토무의 지도는 신대에서 흘러나와 그 모습은 신문기사에도 실렸기 때문에 변명할 수도 없다.

하지만 츠토무가 예상했던 전개와 신대의 영상은 동떨어져 가기 시작했다.

'어라……?'

유니스는 자신이 방해되는 것을 이해하는지 굴욕으로 몸을 떨고 있었다. 하지만 유니스를 규탄하는 사람은 아무도 없었다.

"뭐 괜찮아, 겨우 5일 만에 잘될 리가 없으니까! 어쩔 수 없어!"

'어이어이어이. 금색의 선율은 좀 더 뭐랄까…… 질척질척하잖아? 어째서 모두 저 녀석에게 상냥한 거야?'

레온의 하렘으로 클랜 멤버가 구성되어 있는 금색의 선율. 복수의 약혼자가 같은 단체에 소속되어 있다는 것만으로도 상당히 다크한 클랜일 것이다. 여자끼리의 눈에 보이지 않는 질척질척한 싸움이 펼쳐지고 있는 클랜이라는 것은 사전 조사로도 자주 들은 이야기였다.

그러니 만약 유니스가 저 정도까지 추태를 보이면, 적어도 다른 약혼자가 빈정거리는 정도는 틀림없이 할 것이다. 츠토무는 그렇게 예상하고 있었다.

하지만 츠토무의 예상과는 달리, 유니스는 클랜 멤버에게 마치 공주님처럼 모셔지고 있었다. 금색의 선율의 왕자님인 레온도 유니스를 매몰차게 다루지 않는 기색이라, 이래서는 왕자님 클랜인지 공주님 클랜인지 알 수 없는 상황이다.

'와……. 저렇게 쓰레기 같은 폭탄 힐러도 받아들여 주나……. 그건 완전히 예상 밖이네.'

유니스가 저 정도로 심각한 움직임을 보이면 레온에게 한마디 정도 질책을 받을 것으로 츠토무는 생각했었다. 그리고 좋아하는 남자의 말로 유니스가 반성한다는 것이 츠토무의 예상이었지만, 그것은 훌륭하게 좌절되었다.

'후우……. 뭐, 좋아. 그렇다면 유니스의 대타를 레온 씨에게 요청할까. 지금까지 유니스의 언동은 신문기사에도 분명히 실렸으니까, 그것을 갖고 말하면 대신할 사람 정도는 데리고 와주겠지.'

힐러 지도의 모습은 신의 눈을 통해 신대에 출력되고 있기 때문에, 지금까지 유니스가 한 방자한 언동의 증거는 있다. 따라서 유니스의 대타를 내일이라도 금색의 선율에 요청하자고 츠토무는 생각하고 있었다.

하지만 민중에게 탐문했을 때는 금색의 선율에 대해 물어도 유니스의 이름은 나오지 않았었다. 하지만 서신금이나 소중히 나눠지고 있다는 것은, 어쩌면 가장 처음 레온과 약혼했던 사람이 유니스일지도 모른다.

'으~음. 하지만 그렇다면 틀림없이 기고만장했을 텐데?'

저레벨인 츠토무를 무시하던 태도로 봐서, 유니스가 본처라면 틀림없이 거드름을 피웠을 것 같다. 하지만 유니스가 주변 사람들을 대하는 방식은 지극히 평범하고, 주변 여성들도 그 자리를 빼앗으려 하는 기색은 없다.

'대체 뭐야 저 녀석. 마스코트 같은 건가?'

저런 지독한 움직임이라도 불평을 듣지 않는 유니스라면, 다음 주 힐러 지도에 오는 일은 없을 것이다. 그러니 알도렛 크로우가 들어갈 때까지는 다른 곳에서 시간을 죽이려고 했지만, 유니스를 둘러싼 신기한 분위기가 궁금해서 계속 시청했다.

▷▷

"아, 스테파니 씨. 잘하고 오세요."

"예. 최선을 다할게요."

금색의 선율이 나오는 신대를 길드에서 보고 있자, 알도렛 크로우도 오후부터 던전에 들어갈 준비를 하기 시작했다. 그리고 츠토무는 여전히 아름다운 드레스를 입은 스테파니에게 가볍게 인사를 하고, 마법진으로 던전으로 전이하는 것을 배웅했다.

알도렛 크로우의 파티 구성도 금색의 선율과 같고, 계곡층을 탐색하는 모양이다. 오전 중에 회의라도 하고 왔는지, 딱히 이야기를 나누는 일도 없이 파티는 몬스터를 찾아 전진했다.

그리고 그 5인 파티는 몬스터와 조우해 전투를 시작한다.

"프로텍트. 헤이스트. 버던트 울프 세 마리, 레드 그리즐리 두 마리예요."

스테파니는 탱커와 딜러에게 지원 스킬을 부여하고 몬스터의 정보를 전했다. 그리고 주변을 둘러보고 다른 몬스터가 없는지 확인을 마친 뒤에 다시금 파티 멤버에게 집중했다.

힐러가 사령탑이라는 것을 배우고, 스테파니는 잘 알고 있는 동료들에게 가볍게 지시를 내렸다. 그리고 전투 중인 탱커에게는 정기적으로 힐과 메딕이 날아갔다.

츠토무는 공동묘지에서 한 실전 연습 때, 스테파니에게는 항상 쉬는 일 없이 할 일을 하게끔 지도했다. 지원 효과의 남은 시간을 파악하고, 탱커의 상태와 딜러를 확인. 그리고 몬스터의 어그로가 어디로 향하고 있고, 자신이 목표가 되지 않았는지 확인하는 등, 찾아보면 할 일은 얼마든지 나온다.

"에어리어 힐. 메딕."

단지 어그로 관리만은 츠토무도 상세하게는 가르쳐 줄 수가 없어, 스테파니에게 체감으로 익히라고 말했다. 그래서 처음에는 최악의 경우 몬스터의 어그로를 너무 끌고 말아도 좋으니까, 탱커가 공격을 받으면 힐, 1분에 한 번은 메딕을 보내도록 지도했다.

　츠토무는 몬스터의 어그로를 「라이브 던전!」에서 얻은 지식과 대조해 산출해내고 있다. 그것을 전부 스테파니에게 가르치는 것은 시간이 너무 걸리고, 애초에 이해할 수 없을 것이다. 그 때문에 어그로 관리만은 스테파니 본인이 체감으로 배울 필요가 있었다.

　'응. 아직 시간이 어긋나지만, 5일 만에 저 정도라면 대단해. 기본적인 회복도 되고 있고, 탱커도 쾌적해 보여.'

　가름에게 지도를 받을 때는 없었던 지원회복에 탱커들도 기뻐하는 기색이었다. 그리고 딜러 중 한 명으로, 스테파니의 소꿉친구인 소바라는 남자도 그녀가 변했다는 것을 깨달은 모양이다.

　"서쪽에서 버턴트 울프가 와요. 탱커 분들은 요격 준비를 부탁드려요."

　"그, 그래! 우리한테 맡겨!"

　금방 시들어버릴 것 같은 인상이었던 스테파니의 빠릿빠릿한 지시에 잘 아는 사이인 탱커 직종의 노란도 놀라고 있는 듯했다. 공동묘지에서 스테파니를 끊임없이 움직이게 했던 지도는 열매를 맺어, 그녀의 마음을 확실히 강하게 만들었다.

　"52, 프로텍트."

　'하지만 그다지 즐거워 보이지 않네~.'

　스테파니의 힐러 모습은 담담하게 일하는 것처럼 보였다.

공주님의 정체

"츠토무, 미안해~~~~!!"

"…………."

츠토무가 유니스의 교체를 요청한 다음 날. 아침 일찍 눈앞으로 미끄러져 들어와 엎드려 비는 금색의 선율의 클랜 리더인 레온을 보고, 츠토무는 어리둥절해 했다.

"우리 유니스가 무진장 실수했다고 어제 들었어! 미안해에!"

"아니, 설마 직접 사과하러 올 줄은 몰랐지만, 괜찮아요. 하지만 민폐를 끼쳤으니까 다른 사람으로 바꿀 수 있나요?"

"아, 그것에 관해서는 조금 조용한 곳에서 이야기를 하고 싶어. 어제 길드장에게 말해두었으니까, 안쪽에서 말하자고."

금랑인인 레온은 조금 죄송스러운 듯이 늑대 귀를 접으며 길드 안쪽으로 가자고 츠토무에게 권유했다. 레온이 엎드려 비는 바람에 주위에서도 주목을 받고 있었기 때문에 츠토무는 말없이 따라 갔다. 정말 길드장에게도 이야기가 되어 있었는지, 직원이 안쪽 으로 들여보내 주었다.

그리고 길드의 응접실로 들어가 츠토무를 먼저 앉게 한 레온은 다시금 머리를 숙였다.

"미안해. 우리 유니스가 처음부터 심한 태도였다는 것도 들었어. 정말로 미안해. 솔직히 처음에는 농담인 줄 알았는데, 어제 아내들에게 이야기를 들어보니 정말인가 보더라고."

"뭐, 지금까지의 일은 조금 전에 엎드려 빌었으니까 이제 됐어요. 그러면 오늘부터 다른 사람으로 바꿔주세요."

하렘 클랜이라는 어처구니없는 것을 만드는 것치고는 말이 잘 통하는 녀석이라고 생각하며, 츠토무가 그렇게 말하고 이야기를 끝내려 했다. 하지만 머리를 든 레온은 머뭇거린 뒤에 겸연쩍은 기색으로 제안했다.

"미안해. 한 번만 더 유니스에게 기회를 주지 않겠어?"

'말이 잘 통하는 녀석이라고 생각한 내가 어설펐어.'

츠토무는 내심 그런 생각을 하며 양손을 모으고 부탁을 하는 레온을 차가운 눈으로 내려다봤다.

"아니, 어째서인가요? 솔직히 유니스 씨를 그렇게까지 두둔하는 이유를 모르겠는데요. 레온 씨의 가장 소중한 아내이기라도 하나요?"

"저기, 그게, 꼭 말해야 해?"

"후우. 딱히 당신이 꼭 그래야 한다고 한다면, 최악이지만 유니스 씨를 지도해도 좋아요."

"정말이야?!"

금색의 선율이라는 영향력이 강한 대형 클랜이 3종 역할을 채용해 준다면, 츠토무는 유니스라도 지도하는 것을 참을 수 있다. 지원회복하는 힐러가 활약하는 모습이 눈에 띄기 쉬운 상위 신대에 나오면, 소생 특화 풍조는 틀림없이 줄어들 것이다. 게다가 아침 일찍부터 늦게까지 탱커를 지도하는 가름이나 카미유의 일을 헛수고로 만들고 싶지는 않다.

그리고 레온은 신이라도 보는 듯한 눈으로 올려다봤지만, 츠토무는 조건을 내밀듯이 검지를 세웠다.

"하지만 그렇게까지 유니스 씨를 우대하는 이유 정도는 가르쳐 주세요. 어느 정도 금색의 선율을 봐왔지만, 그 부분은 도저히 이해가 안 돼요."

"뭐~ 유니스 귀여우니까? 세상에서 제일 귀여우니까?"

"거짓말하면 지도하지 않을 거예요."

"알았어……. 알았다고. 말할게."

츠토무의 협박에 레온은 굴복한 것처럼 잘생긴 얼굴이 풀이 죽었다. 그리고 진지하게 표정을 바꾸고 츠토무를 마주 바라봤다.

"하지만 약속해줘. 절대로 입 밖에 내면 안 돼. 절대로야. 절대로라고."

"알았어요. 약속할게요. 그래서 뭐가 이유인가요?"

"한심한 이유야……."

거듭 다짐을 받는 레온에게 약속한 뒤에 다시금 묻자, 그는 난처한 듯이 금색 꼬리를 흔들었다. 그리고 한숨을 쉰 뒤에 심각한 얼굴로 말하기 시작했다.

"결론부터 말하자면, 우리 1군 힐러는 유니스밖에 할 수 없어."

"으~음? 유니스 씨 말고도 70레벨의 백마도사는 있잖아요?"

금색의 선율에 유니스 말고 다른 백마도사가 있는 건 확인했다.

게다가 소생 특화 백마도사라는 것은 솔직히 누구라도 할 수 있는 일이다. 따라서 유니스 이외에도 당연히 1군에 들어올 수 있고, 그녀보다 인성이 좋은 사람도 금방 찾을 수 있을 것이다.

"확실히 우리 클랜에는 나쁜 백마도사도 있어. 미치광이 유니스 말고 다른 사람이 힐러를 했다간 왕따를 당하고 말아."

"다른 클랜 멤버에게 말인가요?"

"그래. 뭐, 츠토무는 평소의 모습도 다소 본 모양이니까, 어느 정도는 알고 있지?"

금색의 선율은 레온의 하렘으로 구성된 클랜이라, 전투 때도 가끔 보고 있기에 한심스러워질 정도의 일이 벌어지고는 한다. 딜러가 레온을 몬스터에게서 보호하고 콩트를 펼치거나, 포션을 입으로 넘겨주는 등 아무튼 지독하다.

"레온 씨를 소생하는 역할이 질투가 난다든지 하는?"

"뭐, 그런 거지. 주위에서 아니꼽게 보고 심하게 괴롭힘을 당했다는 모양이야."

"아니, 그러면 어째서 유니스 씨는 괜찮은 건가요? 가장 먼저 왕따를 당할 거 같은데요."

"유니스는, 내 동생이야."

"예……?"

그렇게 말한 레온을 보고, 츠토무는 순간적으로 그 말에 담긴 어둠을 깨닫고 핏기가 가신 표정을 지었다.

"그건, 아, 그렇구나. 확실히 그건 유니스 씨가 제일 낫겠네요."

레온과 피가 이어진 동생이라면 시집을 온 사람들은 군말이 없을 것이다. 확실히 그것이라면 힐러의 위치가 질투를 모은다고 해도, 레온의 동생이라면 문제가 생기지 않는다. 당연하다. 애인의 동생에게까지 질투하는 여성은 거의 없을 것이다.

"일단 확인하겠는데, 유니스 씨와 약혼했나요?"

"안 했어! 동생이잖아?!"

"그렇겠죠. 다행이다, 아무리 그래도 그렇게까지 어둠이 깊으면 심각하니까요."

레온은 다른 여성에게 제멋대로 해대고 있지만, 유니스만은 어딘가 보석이라도 만지는 것처럼 다뤘다. 그 모습을 신대에서 봤던 츠토무는, 유니스가 레온의 동생이라는 이야기도 납득은 됐다.

하지만 레온은 츠토무의 대답이 상당히 예상 밖이었던 모양이다.

"어어? 그럼 지금까지는 심각하지 않았어?"

"그 정도의 어둠이라면 들어본 정도는 있으니까요."

「라이브 던전!」에서는 소속 클랜에서 한가한 전업주부 관심병자들이 추한 다툼을 펼치는 사태를 실제로 경험한 적이 있다. 귓속말로 험담하거나, 주변 사람들과 짜서 특정 사람을 따돌리거나 하는 등, 음험한 짓거리는 츠토무도 익히 봤다.

"으~음. 유니스 씨는 생김새는 호인이잖아요?"

"아아, 기본적으로 금랑인은 남자가 태어나기 쉬워. 그 녀석은 어머니 쪽 종족을 진하게 계승했으니까. 하지만 유니스도 색은 금랑인에서 물려받았다고."

"아아, 그랬나요."

츠토무는 납득한 것처럼 고개를 끄덕이고, 생각에 잠기는 것처럼 시선을 내리깔았다.

"하지만 유니스 씨는 진심으로 레온 씨를 좋아하는 거 같은데요."

"그건…… 그런 모양이란 말이지. 하지만 세상은 넓이. 넓은 세상에서 남자를 많이 보면, 언젠가 관심이 다른 곳으로 돌아가지 않으려나? 나처럼."

"그렇게 자랑할 일이 아니다 싶은데요."

"미안해~!!"

어딘가 미워할 수 없는 웃음으로 얼버무리는 레온을 보고, 츠토무는 팔짱을 끼고 소파에 기대며 한숨을 쉬었다.

"결국 저와는 전혀 관계가 없고 매우 시시한 이유였지만…… 납득은 됐어요. 그러면 이어서 유니스 씨를 지도할게요."

"미안해. 부탁할게. 하지만 조금은 상냥하게 해 주라고."

"그건 무리죠. 아니 그보다 당신이 너무 응석을 받아주는 거예요. 일주일째에 유니스 씨의 병맛 힐러를 구경했으면 조금은 혼내 주세요. 오빠라면 더욱 그래야죠."

"따, 따끔하네……. 미안해. 하지만 유니스가 너무 귀여워서, 나는 혼낼 수가 없어! 주위 애들도 모두 응석을 받아주고…… 하지만 다른 녀석이 힐러를 하면 왕따를 당하니까……."

"그거 저와 관계없는 일인데요."

"부탁이야! 이렇게 빌게! 게다가 유니스도 어제 파티 합동 연습으로 상당히 충격받은 모양이니까, 반성하고 있을 거야! 부탁해 에에!! 유니스를 지도할 수 있는 건 너밖에 없어!"

'귀찮아…….'

애원하는 레온을 츠토무는 그렇게밖에 생각하지 않았다. 최근 일주일 동안 츠토무는 유니스의 고압적인 태도를 신경 쓰지 않는 것처럼 행동했지만, 속에서는 이 암여우를 두들겨 패줄까 정도는 생각하고 있었다.

하지만 힐러의 지위 향상에는 금색의 선율의 영향력을 무시할 수 없다. 아마도 유니스를 지도하면 힐러에게는 좋은 영향 쪽이 더 많은 것이다. 츠토무는 어쩔 수 없다는 기색으로 머리를 숙이는 레온을 내려다봤다.

"할게요. 하지만 더는 상냥하게는 하지 않을 거예요."

"그래! 고마워! 신세를 질게! 그래 맞아, 유니스가 요새는 돌아와도 츠토무 이야기만 한다고. 어쩌면 호감이 있을지도?"

"교체해 줘요."

"너무하지 않아?! 유니스 귀엽잖아?! 에이미랑 비슷한 정도로 귀엽다고 나는 생각하는데 말이야!"

"교체해 줘요."

"그건 아니지……."

불량품을 내미는 것처럼 내뱉는 츠토무를 보고, 레온은 눈물을 머금고 훌쩍이고 있다. 그런 모습에서 유니스를 느낀 츠토무는 불쾌하다는 듯이 고개를 돌렸다.

"신부수업도 하고 있고, 받아준다면 츠토무도 금색의 선율에 넣어줄게! 이득이라고!"

"어둠이 응축된 클랜 따위에 들어가고 싶지 않아요. 애초에 동생을 1군 파티의 완충재 취급을 하다니, 당신도 상당한 쓰레기라고요. 어째서 제가 금색의 선율의 뒤를 닦아줘야 하는데요. 클랜 리더인 당신이 해결해야 할 문제잖아요."

"그건 말하지 말아 쉬~. 마음에 팍 꽂히니까~. 하지만 이니스는 나와는 달리 순수하다고!"

"아니, 남매가 모조리 쓰레기예요."

"너무해!!"

그 뒤로도 동생을 권해오는 레온에게서 떨어진 츠토무는, 허리를 붙잡는 그를 질질 끌며 길드의 응접실에서 나왔다.

성격 폭탄 힐러 VS 핵폭탄 힐러

유니스와 스테파니는 각 클랜의 파티 합동 연습이 있고 나서 하루 휴식하고, 다시금 지도의 날이 시작되었다. 유니스밖에 금색의 선율의 1군 힐러를 맡을 사람이 없다고 레온에게 설명을 들은 츠토무는, 어쩔 수 없이 계속해서 지도하게 되었다.

나머지 지도 기간은 3주. 그때까지 유니스도 힐러의 형태가 잡힐 정도까지는 이끌어 주어야만 한다.

그렇게 츠토무가 무거운 마음으로 길드 안의 집합장소로 향하자, 그곳에는 두 명의 백마도사가 대기하고 있었다.

"지도 속행 신청서는 갖고 왔어요."

빚쟁이가 자기 명의로 된 연대보증서를 들고 온 것 같은 표정을 짓고 있는 츠토무와 달리, 유니스는 서류를 파닥파닥 흔들 뿐이었다. 그리고 그 서류를 떠넘기는 유니스에게서 거리를 벌린 츠토무는 지친 듯이 눈시울을 누르며 고개를 숙였다.

그러자 유니스는 뭔가 거북한 표정을 지은 뒤에 눈을 이리저리 돌렸다. 그리고 침묵한 뒤 천천히 머리를 숙였다.

"미안했어요. 힐러를 실제로 해 봤더니…… 큭, 너 같은, 저레벨이라도, 실력이 좋았어요."

마치 중력에 거역하고 있는 것처럼 유니스의 여우 귀가 부들부들 떨리고 있다. 그걸 본 츠토무는 한숨을 푹 쉬었다.

"이쪽도 일로 하고 있는 거니까, 괜찮. 그러면 일단 이건 받을게."

츠토무는 유니스의 손에서 지도 속행 신청서를 받고는 그것을 카운터에 넘겨주었다.

"단, 이제부터 내 지시는 제대로 따라야 해. 그러지 않는다면 더는 지도하지 않을 테니까."

"잘할 수 있게 된다면, 뭐라도 하겠어요. 나는, 실력으로 1군이 되고 싶어요."

역시 유니스도 레온에게 파티의 완충재 취급을 받는 걸 어렴풋이 느끼고 있었는지, 굳센 눈동자로 츠토무를 마주 바라봤다.

"이, 이상한 걸 지시하면 용서 안 해요! 이 몸은 레온 것이에요!"

"레온 씨~. 역시 교체해 줘요~."

귓속을 쾅쾅 울리는 목소리에 츠토무는 귀를 막으며 말하자, 유니스는 더욱 화냈다.

그런 중에 사전에 세 명의 길드 카드를 카운터에서 받아 파티 신청을 마친 스테파니에 의해 그 소란은 일단은 진화되었다.

▷ ▷

"그러면 지난주의 스테파니 씨와 마찬가지로 날리는 스킬 연습부터 해."

유니스는 토라진 얼굴을 하고 있지만, 더는 거역할 마음은 없는지 얌전히 날리는 스킬의 연습을 시작했다. 우선은 기본인 날리는 스킬의 제어. 그리고는 지원 스킬의 효과 시간을 균일화시키는 것과 시간 관리가 오전 중의 주요훈련 내용이다.

"헤이스트 9초 어긋났어. 수정."

"알았어요."

담담한 목소리로 유니스의 스킬 시간이 어긋난 것을 알려주며, 츠토무는 스테파니와 날리는 스킬을 가지고 술래잡기를 하고 있었다. 이것이 의외로 날리는 스킬의 제어에는 가장 좋은 방법이었다.

그 밖에도 장애물을 설치해 그사이로 지나가게 움직이거나, 실제로 움직이는 스켈레톤에게 지원 스킬을 맞추는 등의 연습을 했다. 하지만 유니스는 지난주에 날리는 스킬의 연습을 땡땡이쳤기 때문에 스테파니와 비교하면 아직 서투르다.

유니스가 스테파니와 벌어진 차이에 초조해하는 사이에 오전 중의 연습은 끝이 났다.

그리고 휴식 때 츠토무가 평소처럼 길드 식당에서 정식을 먹고, 스테파니도 그것에 함께 하는 모습을 유니스는 멀리서 바라보고 있었다.

오후부터는 힐러를 실전에서 연습시키며 탱커와 딜러를 담당하는 츠토무가 지도했다.

"응. 이제 세 명이라면 문제없네요. 내일부터는 스테파니 씨는 인원수를 늘리도록 하죠."

"예 그렇게 할게요."

지난주 5일 동안 츠토무에게 철저하게 지도받은 덕분인지, 스테파니는 3인 파티의 힐러라면 문제없이 소화할 수 있었다. 한 시간의 힐러를 마친 스테파니는 힐러를 맡고, 이번에는 유니스가 힐러를 했다.

하지만 지난주 금색의 선율 파티에서 힐러의 일을 전혀 하지 못했던 유니스는 당연히 실수의 연속이었다.

"힐과 메딕을 잊고 있지 않아? 일단 탱커의 프로텍트가 끊기는 건 말도 안 되니까, 우선은 이쪽에 집중해. 놓는 스킬 같은 건 쓰지 않아도 되니까. 지원 스킬도 처음에는 시간을 제대로 균일화시켜야 해."

"정말~!! 시끄러워요!"

전투 중에 줄줄이 나오는 빈정거림이 섞인 지적에, 유니스는 발광하듯이 머리를 붙잡았다. 손가락 사이로 나와 있는 여우 귀도 화난 것처럼 쫑긋 서 있다.

"손을 멈추지 마."

"어째서 45레벨인 너 따위에게 70레벨인 내가 지시받아야 하는 건데! 역시 짜증 나요!"

지시받는 것을 참을 수가 없었는지 발을 구르는 유니스를 보고, 츠토무는 스켈레톤을 정화시킨 뒤에 한숨을 쉬었다.

"아니, 그러면 그만 돌아가도 돼. 금색의 선율이라면 보살펴주잖아? 그렇게 공주님 플레이를 하고 싶다면 지금 당장 돌아가 줘. 자존심만 높아서 말도 듣지 않는 잔챙이는 필요 없어."

"이익~~! 너, 레벨……!!"

"애초에 너는 여기에 뭘 하러 온 거야? 아까 말한 대로라면, 지금 상황에서 빠져나오고 싶어서 온 거 아니었어?"

오전에 유니스가 서류를 가져 왔을 때, 자기 실력으로 1군에 들어가고 싶다고 했었다. 하지만 막상 츠토무에게 지도를 받게 되자 짜증을 부렸다. 그 발언과 행동은 전혀 일치하지 않았다.

"너는 레온 씨와 자기 자존심 중에 어느 쪽이 중요한 거야?"

"그딴 건, 말할 것도 없이 레온이에요!!"

"그럼 어서 그 쓸데없는 자존심을 버려. 자기보다 레벨이 낮은 녀석에게 지도받는 건 마음에 들지 않겠지만, 레온 씨를 위해 머리를 숙여. 지금까지저럼 보살핌을 받는 게 싫으면 조금은 스스로 노력해."

"…………."

"알았으면 어서 지원회복을 시작해. 너는 시간을 낭비할 여유가 없어."

츠토무는 그렇게 말하고 부활한 스켈레톤들의 두개골을 지팡이로 투닥투닥 때리기 시작했다. 유니스는 분노로 부들부들 떨리는 지팡이를 들고 터트리듯이 소리쳤다.

"힐!!"

"목소리 더럽게 크네."

그 작은 몸에서 나왔다고는 생각하기 어려운 유니스의 고함을 듣고, 츠토무는 시끄러운 듯이 귀를 막았다.

끝없는 늪으로 가는 첫걸음

　레온을 설득 재료로 꺼내자 유니스는 그 뒤로는 완전히 얌전해져, 이전처럼 상식을 의심할만한 언동은 자취를 감췄다. 그리고 다음 날에도 오전부터 츠토무의 지도가 시작되었고, 지금은 휴식 시간이었다.

　"스킬 시간 관리가 능숙해지질 않네. 한가할 때는 신대의 시계를 보면서 시간 간격 교정을 하는 편이 좋을 거야."

　"그건 네가 이상할 뿐이에요. 스테파니도 틀림없이 그렇게 생각할 거예요!"

　"저를 끌어들이지 말아 주시겠어요……."

　하지만 얄미운 소리를 하는 것은 여전해서, 츠토무도 유니스에게는 전혀 존대를 하지 않고 있었다. 하지만 말하는 것만은 듣게 되어서, 점심을 마친 유니스는 츠토무가 말한 대로 신대 앞으로 향했다.

　신대에 표시된 시간은 정확하기 때문에 시간 감각을 재는 훈련으로는 가장 좋다. 그리고 츠토무는 「라이브 던전!」 덕분에 정확한 체내시계를 여럿 갖추고 있기 때문에, 지원 스킬의 시간 관리는 주특기였다.

"그런데 정말로 츠토무 씨의 시간 관리는 엄청나네요. 정말 반해버릴 것만 같아요."

"뭐, 이건 시계가 있으면 대용할 수 있으니까요. 지금은 딱 좋은 것이 없지만, 들고 다니기 쉽고 저렴한 시계가 생기면 좋겠네요."

지금 존재하는 시계는 회중시계 정도로 가격도 비싸고 망가지기 쉬워 그다지 실용성이 없다. 특히 미궁도시에서는 신대를 보면 정확한 시간을 알 수 있기 때문에, 그다지 시계의 수요가 없어 발전하지 않는 면도 있었다.

하지만 다른 도시에서는 시계도 상당히 발전했다. 귀찮은 시간 관리를 도구로 대용할 수 있다면 그것이 가장 좋으니까, 츠토무는 빨리 개발해 주길 바라고 있었다.

"스테파니 씨는 지난주 알도렛 크로우에서 파티를 짜 보니까 어땠나요?"

"그것이 말이죠. 덕분에 이전보다 생각하고 지원회복을 할 수 있게 된 것 같아요. 하지만 아직 더 제가 정진해야겠다고 생각했어요."

스테파니는 테이블 아래에서 지원 스킬을 돌리며 생각에 잠긴 표정으로 그렇게 말했다. 자신의 실력으로 고민하는 그녀의 모습은 츠토무가 「라이브 던전!」에서 초심자 영역을 빠져나왔을 무렵과 겹쳐 보였다.

초심자 시절에는 아직 어떻게 움직이면 좋을지도 몰라 그다지 고민할 일이 없다. 더듬거리며 다양한 일을 해보는 것만으로도 즐거워, 효율이 어쨌다는 것은 거의 신경 쓰이지 않는다.

하지만 지금의 스테파니처럼 어느 정도 힐러가 해야 할 일을 알게 되었을 때는 츠토무도 가장 고민했었다. 원래부터 효율주의라는 이유도 있었겠지만, 츠토무는 원하는 대로 자신이 움직일 수 없나는 것에 고민하고 괴로워했다.

초심자 영역을 빠져나오면 다양한 선택지가 펼쳐지지만, 그렇기 때문에 무엇부터 손을 대면 좋을지 알 수 없게 된다. 게다가 자신이 그려오던 움직임도 실력이 부족하기 때문에 당연히 하지 못하고 애간장을 태우게 된다.

거기에 더해 스테파니는 던전 탐색을 일로 생각하고 있기 때문에, 더욱 깊이 생각하고 마는 모양이었다. 츠토무는 생각에 잠겨 턱을 쓰다듬은 뒤에 태연하게 말을 꺼냈다.

"이 지도가 끝난 뒤에, 저는 스테파니 씨가 화룡을 토벌해 주길 원해요."

"예……?"

갑작스러운 말에 스테파니는 눈을 크게 뜨고 제정신을 의심하는 듯한 표정을 지었다.

"아마도 나머지 지도 기간인 3주 사이에 알도렛 크로우의 탱커와 딜러는 어느 정도 형태가 잡힐 거예요. 가름과 카미유가 지도하고 있으니까 그 점은 문제가 없겠죠."

"아, 예. 그건 그렇겠지만요……."

"하지만 화룡은 분명, 괴로운 싸움이 되겠죠. 딜러들은 익숙하더라도, 탱커는 처음 싸우는 상대예요. 스테파니 씨는 화룡전 경험은 있나요?"

"예. 몇 번 정도는 경험해 봤어요……."

"그럼 화룡의 포효로 움직이지 못하게 될 일은 없겠네요. 그렇다면 스테파니 씨. 당신이 화룡전의 열쇠가 될 거예요. 딜러들은 전투 경험이 있으니까 문제없겠지만, 탱커들은 달라요. 아마도 평소 같은 움직임은 보이지 못하고 금방 큰 상처를 입거나, 최악의 경우 죽거나 하겠죠."

"그, 그런가요……."

"그러니까 스테파니 씨. 지원회복과 소생을 하는 당신이 화룡전의 중심이에요."

스테파니는 진지한 표정으로 똑바로 눈을 바라보는 츠토무에게서 두려움을 느끼고 눈을 피했다.

"그, 그런 일은…… 저 같은 것은, 오히려 발목을 잡을 거예요."

"스테파니 씨. 당신은 이미 기초적인 힐러의 움직임은 완성되었어요. 물론 아직 다듬어야 할 부분은 있지만, 현시점에서는 저 다음으로 당신은 힐러를 소화하고 있어요. 이미 소생밖에 장점이 없는 힐러와는 달라요."

"…………."

그런 단언을 들은 스테파니는 겁을 먹고 당황한 기색이었다.

"재미있어요, 힐러는. 당신의 재량에 따라 파티 멤버의 생존률은 올라가기도 하고 낮아지기도 해요. 게다가 소생을 해도 탱커가 있는 덕분에 생존할 수 있어요. 따라서 파티를 잘 돌리면 재미있는 역할이에요."

"재, 재미, 있다고요……?"

"예. 저는 스테파니 씨도 화룡전에서 그것을 느껴 주었으면 해요. 저는 그러기 위해 지도를 하는 거나 마찬가지니까요."

평소의 어딘가 달관한 모습과는 달리, 마치 장난감을 자랑하는 어린아이처럼 말하는 츠토무를 보고 스테파니는 눈을 동그랗게 떴다.

"왜냐면 그런 쓰고 버리는 힐러 따위는, 하고 있어도 재미가 없잖아요? 물론 일로 하는 것은 알고 있지만, 그래도 역시 재미있는 편이 당연히 좋죠. 죽은 뒤에 동료를 신대에서 응원하는 것도 시시하잖아요."

"그건, 그렇지만요."

스테파니는 그렇게 중얼거리고 분한 듯이 입술을 깨물었다. 그런 것은 스테파니 본인이 실감하고 있던 일이다.

츠토무가 두 번 했던 화룡전을 스테파니는 모두 봤다. 그리고 화룡을 토벌하고 동료와 함께 던전에서 기뻐하는 모습을 보고 강렬하게 동경했다. 저런 식으로 자신도 될 수 있다면 얼마나 좋을까 하고 생각했다.

포션의 회복력이 올라갔을 때부터 백마도사가 해야 할 일은 소생. 오직 그것뿐인 풍조가 되었다. 소생 특화의 역할을 클랜에서 요구받아, 그것을 하면 적지 않은 액수의 돈을 받았다.

동료를 위해, 돈을 위해, 클랜을 위해 스테파니는 소생 특화의 역할을 해왔다. 아군을 소생하는 레이즈를 사용하면, 스테파니는 강대한 어그로를 끌어 몬스터들이 일제히 목표로 삼게 된다. 그리고 되살린 동료에게 뒤를 맡기고 스테파니는 죽어서 길드의 검은 문으로 토해진다. 그 뒤로는 신대에 나오는 동료들을 보고 길드에서 응원하는 나날.

딱히 대놓고 불만을 말할 정도의 일은 아니다. 장비는 확실하게 클랜이 보전해 주었고, 보수도 딜러와 비슷한 정도는 받는다. 동료들에게도 감사받았다. 대우에 불만은 없다. 시대의 흐름이라 어쩔 수 없다고 마음속에서 결론짓고 있었다.

하지만 신의 던전이 생겨난 초기부터 탐색자였던 스테파니는 동료와 함께 던전을 공략하는 기쁨을 알고 있었다. 서로를 칭찬하고, 함께 검은 문으로 들어가 다음 층으로 나아가는 재미와 기쁨. 신대에도 많이 나와 관중에게도 응원받았던 적도 있었다.

그리고 지금 던전의 밖에서 기뻐하는 동료를 신대 너머로 볼 수밖에 수 없는 것과 관중에게 평가도 그다지 좋지 않다는 것에 대해, 아무런 생각이 들지 않았던 것은 아니다.

"저도, 될 수 있을까요."

화룡은 스테파니도 몇 번인가 도전했던 적이 있지만, 작전회의에서는 그 장소에 있을 뿐이었다. 그녀의 역할은 아군이 죽었을 때, 되도록 레이즈를 사용해 한 명이라도 많이 소생시킬 뿐이다. 의논할 일이 없다.

하지만 아무도 죽지 않고 화룡을 돌파한 백마도사 츠토무를 보고 스테파니는 부러웠다. 자신도 저런 백마도사가 되어 동료와 함께 화룡을 돌파하고 싶다고 강하게 염원했다.

"당신 같은 힐러가, 저도 될 수 있을까요……?"

마음속의 말을 그대로 입에 담은 듯한 스테파니의 떨리는 목소리에, 츠토무는 저도 모르게 몸을 앞으로 내밀고 즉답했다.

"될 수 있어요. 틀림없이 화룡전에서 그렇게 될 거예요. 소생하는 것만이 아닌, 파티의 사령관 역할을 하는 힐러가, 당신은 반드시 될 수 있어요."

"…………."

저도 모르게 눈물을 머금고 만 스테파니는 맺힌 눈물을 손끝으로 닦았다. 동경하는 사람이 그렇게 말해 준 것에 스테파니는 감격했다. 자신도 저런 백마도사가 될 수 있다고 말을 들은 것이 기뻤다.

츠토무는 울기 시작한 스테파니에게 공감하듯이 굳게 주먹을 쥐었다.

"원래 힐러는 재미있는 것이에요. 그런 소생만 하고 죽는 시시한 역할이 아니에요. 그것을 화룡전에서 확인해 주세요."

"예……. 예……."

뚝뚝 눈물을 흘리는 스테파니를 보고, 츠토무는 어두워진 분위기를 환기시키듯이 손을 마주쳤다.

"그렇다면 오직 연습뿐이에요! 앞으로 3주일, 함께 노력해요!"

"……예!"

내밀어진 손을 스테파니는 단단히 잡았다. 그렇게 힐러라는 바닥없는 늪으로 스테파니는 첫발을 내디뎠다.

여우비

오늘도 츠토무의 엄한 지도를 헤쳐나온 유니스는, 후련해진 발
놀림으로 길드를 나섰다.

오늘로 지도도 3주째에 접어들어 파티도 탱커와 딜러를 추가로
넣어 다섯 명이 되었다. 유니스도 이번 주부터 4인 파티에서 힐러
를 맡게 되었지만, 한 명 지원 스킬을 맞춰야 힐 대싱이 늘어나는
것만으로도 바빠졌다. 츠토무에게도 잔뜩 문제를 지적받아 유니
스는 정신적으로 지쳐 있었다.

그리고 유니스는 서둘러 금색의 선율의 클랜 하우스로 돌아와
자기 방에 들어가자마자 침대에 쓰러졌다. 지쳐서 침대 위에서 몸
부림친 뒤에 움직임을 딱 멈췄다.

'부아가 치밀어요.'

오늘도 자신보다 레벨이 낮은 츠토무의 지도를 받았다. 오전 중
에는 오로지 스킬 연습을 시켰고, 지원 스킬 시간에는 치근덕치근
덕 지적했다. 츠토무는 완전히 시계처럼 정확한 시간을 말하고,
실제로 신대 앞에서 지원 스킬의 시간을 재봐도 똑같았다. 마치
기계 인형 같은 남자였다.

오후의 실전에서는 있는 대로 욕을 얻어먹고, 점점 힐러로서 개

선해야 할 부분이 쌓여 갔다. 게다가 지적하는 방법도 일일이 짜증스럽다. 금색의 선율에서 유니스는 여성 특유의 다양한 괴롭힘을 봤지만, 츠토무의 빈정거림도 그것에 뒤지지 않았다.

게다가 유니스는 지금까지 큰 캔 멤버에게 괴롭힘당해 본 적이 없다. 그래서 그런지 츠토무의 빈정거림은 보디블로처럼 서서히 충격이 쌓였다. 유니스는 츠토무가 말한 여러 빈정거림을 떠올렸는지, 베개에 얼굴을 파묻고 괴로운 신음을 터트렸다. 성격이 음험해서 치근덕치근덕 몰아세우는 곰팡이 같은 남자였다.

'크으. 그딴 녀석이라도 실력이 좋다는 건 지긋지긋할 정도로 이해가 됐어요.'

하지만 유니스는 오늘 츠토무의 힐러를 실제로 보고 그렇게 평가하지 않을 수가 없었다.

스테파니는 2주째에 4인 파티에서의 힐러를 연습시켰지만, 3주째인 오늘은 5인 파티의 연습으로 바뀌었다. 추가 멤버는 길드에 있는 파티 모집 게시판에서 모집해 임시로 딜러 직종과 탱커 직종을 데리고 왔었다.

그런 5인 파티에서 한 번 시범을 보여준다고 해서, 유니스는 츠토무가 힐러를 하는 모습을 그 자리에서 보게 되었다.

임시로 들어온 딜러와 탱커 탐색자는 길드 게시판으로 모집해, 츠토무와는 면식이 없는 사람이었다. 레벨도 황야층 적정 레벨인 30 정도이고 실력도 딱히 뛰어나지 않다.

게다가 처음에는 처음 파티를 맺은 두 사람이 어떤 식으로 움직일지 모르기 때문에 지원회복을 맞추는 것이 어렵다. 스테파니도 그것에 고생했었고, 유니스도 임시 탱커를 넣은 4인 파티에서는 힘들었었다.

하지만 츠토무는 처음 보는 사람이 둘이 있든 말든 상관없었다. 처음에 스테이터스 카드를 본 것만으로 그 두 사람을 완벽하게 지원해 보였다.

츠토무는 「라이브 던전!」에서 즉석 파티로 몬스터를 사냥하러 가는 일도 많았기 때문에 그에 따른 대응도 익숙했다. 처음 보는 두 사람에게는 자기 쪽에서 먼저 말을 걸고, 딱히 면밀한 회의도 없이 바로 실전에 들어갔다.

처음에는 어딘가 사양하는 듯했던 추가 두 명도, 츠토무가 말을 걸어 주고 완벽하게 지원해 준 덕분에 평소보다 실력을 이끌이 낼 수 있었다. 지원은 한 번도 끊기지 않았고, 회복 타이밍도 딱 좋다. 더욱이 전투도 평소의 파티와는 달리 상당히 편해, 공동묘지의 히든 보스인 데미 리치마저 쉽게 해치웠다. 그것도 유니스나 스테파니는 거의 손을 쓰지 않고, 레벨이 낮은 탱커와 딜러가 전투의 중심에 섰다.

'레벨 30인데…… 이상해요.'

황야층의 히든 계층주인 데미 리치를 쓰러트리는데 적정한 파티 레벨은 50 정도다. 공동묘지에는 유니스도 레벨링을 목적으로 자주 왔던 만큼, 데미 리치의 강함은 뼈에 사무칠 정도로 잘 알고 있다.

그런 데미 리치를 레벨 30인 딜러와 탱커가 중심이 되어 해치운 것이다. 어지간히 연계가 뛰어난 숙련된 파티가 아니라면 그런 것은 불가능하다.

하지만 츠토무는 힐러로서 두 사람의 실력을 한계 이상으로 끌어내, 그 파티로 데미 리치를 물리쳤다. 그렇게까지 전투가 잘 풀리면 분위기가 나빠질 리가 없다. 데미 리치를 토벌하고 나서는 파티 분위기가 점점 화목해지고, 한 시간 만에 마석을 상당히 벌수도 있었다.

한 번 실제로 힐러를 해보고 나서야 알 수 있는 츠토무의 비정상적인 능력에 유니스는 눈이 동그래졌다. 뭔가 불평해 주자고 흠을 찾고 있던 유니스는 입을 다물지 못할 정도로 츠토무의 움직임은 신들렸었다. 유일하게 트집을 잡자면 츠토무의 레벨이 낮다는 정도일까.

하지만 이전에 츠토무가 말했던 대로, 레벨은 45지만 자신보다 힐러는 능숙하다. 게다가 적정 레벨 50인 몬스터도 레벨이 30인 사람 둘을 데리고 해치웠다. 그것은 유니스도 이해했고, 본보기로 삼아야 할 상대였다.

'게다가 나도 능숙해지기 시작했어요…….'

그리고 유니스는 지난주 5일 동안 츠토무의 지도를 성실하게 받은 결과, 자신이 성장하고 있다는 것을 실감하고 말았다.

2주째 초반에 유니스는 사과하고 다시금 츠토무의 힐러 지도를 받아, 분한 5일을 보냈다. 하지만 그 주말에 금색의 선율 파티에서 힐러를 해 봤더니 이전보다도 훨씬 능숙해져 있었다. 자신도 그렇게 생각했고, 주변의 클랜 멤버에게도 칭찬을 받아 레온에게도 인정받은 느낌이 들었다.

'하지만…… 하지만 납득할 수 없어요! 확연하게 나에게만 태도가 달라요! 너무나 차이가 나요!'

그 지도로 힐러가 능숙해지는 한편으로, 유니스는 자신에 대한 츠토무의 태도가 마음에 들지 않았다. 확실히 자신이 처음에 보인 태도는 실례였을 것이다. 단순히 길드장과 광견의 기생충이라고 착각해 저레벨이라고 무시했던 것은 사실이다.

그러나 그것에 대해서는 이미 사과했고, 벌써 일주일이 지났다. 따라서 스테파니와 같은 정도까지는 아니더라도, 하다못해 게시판 모집으로 들어온 임시 탐색자들 정도와는 같은 태도로 대해 주어도 괜찮지 않은가 하는 마음이 들고 있었다.

게다가 휴식 때도 츠토무는 유니스에게 일절 함께 점심을 먹자고 권하지도 않고, 눈조차 마주치려 하지 않는다. 일반적이라면 한 번 정도는 권하는 것이 남자의 매너라고 생각해, 유니스는 토라져서 화가 났다. 참고로 그 매너는 항상 여자를 꼬시고 있는 레온에게 배운 것이었다.

'내일 따끔하게 말해 주는 거예요.'

유니스는 그렇게 결의하며 베개에서 얼굴을 들고, 생각이 난 것처럼 지원 스킬을 발동해 날리는 연습을 시작했다.

▷▷

"너……. 머리가 꽃밭인 거냐."

"뭐요~~?!"

다음 날에 39층에서 스킬 연습을 하며 그 사실을 츠토무에게 전하자, 쌀쌀맞은 말이 돌아왔다. 그 사실에 유니스가 항의의 소리를 지르자, 츠토무는 가볍게 귀를 막았다.

"시끄러워."

"하, 이익, 네가, 네가 실례되는 소리를 하기 때문이에요!"

"아니, 너야말로 얼마나 실례되는 소리를 나한테 했는데."

"그, 그건 이미 사과했어요!"

"확실히 사과는 받았지만, 딱히 용서하지 않았잖아."

"뭐에요?! 남자라면 어서 흘려보내요!"

"정말로 전형적인 공주님이네."

그렇게 말하고 큰 한숨을 쉰 츠토무는 대각선 위에 떠 있는 신의 눈을 바라봤다.

"게다가 그걸 굳이 던전에서 말하다니…… 혹시 자신이 정의라고 생각하는 거야? 그렇게까지 자기중심적이라면 아무리 그래도 무서운데."

"너……."

빈정거림에 전혀 내성이 없는 유니스는 순식간에 얼굴을 새빨갛게 붉히고 눈물이 맺힌 눈으로 츠토무를 노려보았다. 그런 시선을 전혀 개의치 않는 츠토무는, 손을 쓸 수 없는 환자를 보듯이 조용히 고개를 저었다.

"지금까지 나에게 했던 자기 발언을 기억하고 있어? 신대에 찍힌 것만도 상당히 심했었지. 그런데 내 태도를 고치라고 할 자격이 너에게 있다고 생각해?"

"…………."

"길드 일이 아니었다면, 너를 지도하거나 하지 않았어. 레온 씨에게 아무 말도 못 들었던 거야?"

"무슨 소리인가요?"

"아아, 못 들었구나……. 그럼 여기서는 말 안 할 테니까, 클랜 하우스로 돌아가면 물어봐."

그런 싸늘한 츠토무의 말에 유니스는 이를 간 뒤에 생각나는 대로 소리쳤다.

"레온에게까지…… 역시 너는 형편없는 자식이에요! 너의 나쁜 점은, 그 질척질척한 성격이에요! 실력보다 먼저 그 성격을 고치는 편이 훨씬 좋을 거예요!"

"그럼 꼬리를 말고 어서 집으로 돌아가. 그리고 대신할 백마도 사라도 데리고 와."

"너 같은 녀석에게 지도받을 녀석이 불쌍해요. 그러니까 내가 어쩔 수 없이, 지도받아 주는 거예요."

"아, 대신할 사람 기다리고 있을게요~."

"이게 진짜!"

어느샌가 신의 눈 쪽으로 몸을 돌리고 손을 흔드는 츠토무를 보고, 유니스는 덤벼들듯이 소리쳤다. 하지만 연습을 하는 스테파니가 눈에 들어온 뒤에는 묵묵히 스킬 연습을 시작했다.

'어째서 이 녀석이 이렇게나 잘하는 거예요.'

조금 전에 잔뜩 욕을 먹은 유니스는 원망스러운 눈으로 츠토무를 노려봤다. 하지만 그래도 츠토무의 힐러는 눈이 번쩍 뜨일 정도로 실력이 좋다. 지도받은 덕분에 자신도 실력이 올랐다.

'신도 얄궂어요.'

탐색자 경력 3개월도 안 돼서 화룡을 쓰러트리고, 레벨도 45. 이런 성격이 나쁜 남자에게 이만큼의 재능을 부여해 둔 것에, 유니스는 신에게마저 분노를 느끼지 않을 수가 없었다.

그렇게 오전 연습이 끝나고, 여전히 츠토무는 유니스에게 식사를 권하지 않고 길드 식당에서 점심을 먹기 시작했다. 게다가 스테파니만은 동석하고 있다.

'흥! 스테파니가 그렇게 귀여운 건가요?! 기분 나쁜 녀석이에요!'

그런 것을 생각하며 유니스도 길드 식당에서 멀찍한 자리에 앉아, 샌드위치를 우걱우걱 먹고 있었다.

그리고 오후 연습에서는 새롭게 임시 멤버를 들여서, 스테파니는 5인 파티, 유니스는 4인 파티로 힐러를 연습했다. 끊임없는 지적이 날아다니는 중에 유니스가 한 시간 힐러를 연습한 뒤, 츠토무가 그녀에게 말을 걸었다.

"다음부터는 딜러 역할인 스테파니 씨에게는 3분 간격으로 메딕을 맞추도록 해 주겠어?"

"뭐? 어째서인가요?"

갑자기 지시를 받은 유니스는 위협하는 듯한 표정으로 대답했다. 하지만 이번에 츠토무는 독설로 답하지 않고 담담한 목소리로 이유를 말하기 시작했다.

"금색의 선율의 힐러를 한다면 레온 씨는 반드시 활용하고 싶어. 그러니까 지금 연습하는 헤이스트만이 아니라, 메딕도 맞춰 주는 편이 좋을 거야."

"어째서 메딕인가요?"

"어? 왜냐면 레온 씨, 상당히 지쳐 보이지 않아? 일단 메딕은 가볍기는 해도 피로를 치유하는 효과가 있으니까. 그러니까 정기적으로 맞춰주는 편이 좋지 않겠어?"

"딱히 레온은 지치지 않았어요. 나는 지금까지 계속 레온을 곁에서 봐왔어요! 레온에 대한 것은 너 같은 것보다 훨씬 잘 알고 있어요!"

마치 연적에게 선전포고라도 하는 것처럼 손가락질을 하는 유니스에게 츠토무는 조금 몸을 빼며 고개를 갸웃거렸다.

"뭐, 그것도 그렇네. 하지만 신대에서 봤던 걸로는, 레온 씨는 지쳐 있었어. 아마 아내 앞이기도 하니까, 지치지 않은 것처럼 허세를 부린 거 아닐까?"

"…………."

"한 번 신대에서 레온 씨를 봐두는 편이 좋아. 곁에 있는 것만으로는 모르는 일도 있을 테니까."

그런 지적을 받은 유니스는 기분 나쁜 표정을 지었지만, 한 번 한숨을 쉬고 츠토무를 올려다봤다.

"어쩔 수 없으니까, 해 주겠어요."

유니스는 들고 있는 지팡이를 쥐며 대답했다. 레온에 대한 것은 자신이 가장 잘 알고 있다고 자부하는 만큼, 츠토무의 지적은 마음에 들지 않는다. 하지만 츠토무의 지적이 잘못된 것을 증명하기 위해, 유니스는 한 번 신대에서 레온을 봐두기로 마음 먹었다.

"만약 틀렸다면, 고소해 주겠어요."

"마음대로 해."

"너 따위는, 성날 싫어요."

그렇게 미운 소리를 한 유니스는 고개를 돌렸다. 하지만 지금 그녀의 심경은 마치 맑은 날에 비가 내리고 있는 것처럼 이해하기 어려운 것이었다.

의지하는 공주님

다음 날 오전 연습 시간에 츠토무는 유니스를 지도하기 위해 다가갔다. 하지만 유니스는 경계심을 확연히 드러낸 눈으로 츠토무를 노려봤다.

"무슨 기분 나쁜 눈으로 쳐다보고 있나요."

"아니, 날리는 스킬을 제내로 하고 있는지 보는 것뿐이잖아."

"흥, 어차피 레온에게 그 일을 듣고, 내심 기대하고 있는 게 뻔해요. 아아, 기분 나빠요."

어제 레온에게 자신이 동생이라는 것을 츠토무에게 이야기했다고 들었기 때문에, 유니스는 몸을 감싸고 경계하는 눈빛을 띠고 있다.

"너에 대한 건 아무래도 좋아."

"그러면 너는, 어째서 나를 지도한 거죠?"

유니스가 의심하듯이 올려다보자, 츠토무는 어이없다는 눈으로 바라보며 대답했다.

"우선 제일 먼저, 3종 역할을 널리 알리는 것이 내 일이야. 그리고 지금의 힐러 환경이 개인적으로 마음에 들지 않아. 그것뿐이야."

"의미를 모르겠어요. 그래서 너에게 무슨 이득이 있는 거죠?"

"의미 같은 건 몰라도 상관없잖아. 그저 서로의 이해는 일치하고 있어. 너는 레온 씨를 위해 지도를 받고, 나는 힐러를 위해 지도하고 있어. 안심해. 네가 나를 싫어하는 미움과 비슷한 정도로, 나도 네가 싫으니까."

"…………."

이렇게까지 바로 앞에서 대놓고 싫다고 들어본 경험이 없었던 유니스는 넋이 나간 기색으로 츠토무를 바라보고 있었다.

"그러니까 너를 앞으로 2주 안에 최소한 힐러의 형태는 갖추도록 완성하겠어. 그게 내 일이고, 내 목적으로도 이어지니까. 너도 레온 씨를 위해 나에게 힐러를 배우고 있어. 그렇잖아?"

"그래요."

"그럼 1군의 완충재 취급당하지 않도록 노력해. 모양만이라도 힐러를 할 수 있게 되면 달라지겠지?"

그런 말을 들은 유니스는 순식간에 삶은 문어 같은 얼굴색이 되었다.

"역시 형편없는 자식이에요!"

"그 평가는 오히려 기쁘네. 그러면 어서 다시 가서 연습해."

남의 얼굴에 손가락질하는 유니스에게서 고개를 돌린 츠토무는, 이어서 스테파니에게 시선을 돌렸다.

스테파니 쪽은 시간 관리가 숙달되어, 연습이라면 그다지 효과 시간이 어긋나지 않게 되었다. 스테파니에게 가볍게 시간 확인을 하며 츠토무는 스킬 연습에 어울렸다.

"좋아요. 그러면 휴식. 한 시간 뒤에 집합합니다."

츠토무는 그렇게 말을 남기고 우선 길드 게시판에서 파티 모집 공고를 붙였다. 매일 다른 딜러 직종과 탱커 직종을 모집해, 간단히 얼굴과 스테이터스 카드를 보고 나서 츠토무는 파티에 받아들였다.

대체로 매주 5일은 같은 시간에 모집을 했기 때문에 아직 파티를 찾은 적이 없는 사람들이 우글우글 모인다. 게시판으로 몰려들어 카운터에서 모집문을 입에 담는 탐색자들을 가볍게 둘러보며 식당으로 향했다.

그러자 스테파니의 옆에 조그마한 여우 귀 여성이 서 있었다.

"…………."

"왜, 왜요."

"아니 딱히. 그저 어째서 여기에 있는 걸까 해서."

"함께 점심을 먹어도 괜찮아요!"

"츠토무 씨. 유니스 씨는 이전부터 길드 식당에서 점심을 먹었어요. 아무리 그래도 불쌍하니까…… 함께 식사할 수 있게 해 주지 않겠어요?"

"불쌍하다니 무슨 소리예요?! 불쌍하지 않아요!!"

스테파니에게 덤벼드는 유니스를 보고, 츠토무는 미묘한 시선을 보냈다. 하지만 자신의 오빠임에도 지금도 호의를 보내고 있는 레온에게 1군 파티의 완충재 취급을 받고 있다는 것에는 아무리 츠토무라도 동정을 금할 수가 없었다.

"뭐, 마음대로 해."

"흥. 이것이 흔히 말하는 '나한테 빠졌구나.' 라는 건가요?"

"불쌍하게도."

"너도인가요?! 나는 딱히 불쌍하지 않아요~!"

으데피니의 미친기지로 미지근한 눈으로 지끄보는 츠도무에게 유니스는 저도 모르게 딴죽을 걸었다. 하지만 마침내 점심을 혼자 쓸쓸히 먹을 일이 없어졌기 때문에 유니스는 순수하게 기뻐하고는 있었다.

그리고 츠토무는 일찍 식사를 마치고 혼자 카운터로 향해, 파티 모집이 어떤 상태인지 확인했다. 모집에 참가를 희망한 탐색자의 스테이터스 카드를 보고, 간단히 성품을 물어본 뒤에 파티 멤버 두 사람을 정했다.

"오늘은 잘 부탁드리겠어요. 카를 씨."

"그래. 잘 부탁해."

에이미와 같은 쌍검사 직업의 청년인 카를이 악수를 청했다. 츠토무가 응하자 카를은 그 손에 꾹 힘을 주고, 살짝 평가하는 듯한 눈을 하고 있었다.

"악력이 강하네요. 기대할게요."

"뭐, 맡겨두라고."

츠토무의 말에 딜러인 카를은 빙긋 웃으며 그렇게 답했다.

"다, 다릴이에요! 자, 잘 부탁드리겠습니다~!"

그 커다란 덩치를 움츠리며 인사를 한 다릴이라는 소년은, 중기사라고 해서 무거운 갑옷류를 장비할 수 있는 직업이었다. 다릴은 종족이 가름과 같은 견인이지만, 머리 위에 나 있는 검은 개 귀는 귀엽게 늘어져 있었다.

"예. 잘 부탁해요. 그러면 카를, 다릴. 바로 파티 멤버와 인사하러 가 볼까요."

"그래."

"예! 알겠습니다!"

자신의 실력에 자신이 있는지 자신만만한 웃음을 짓고 있는 청년 카를과 움츠러든 견인 다릴을 데리고, 츠토무는 스테파니와 유니스가 있는 곳으로 돌아갔다.

그리고 가볍게 자기소개를 시킨 뒤에 네 사람을 데리고 공동묘지로 들어갔다. 우선 처음에는 유니스부터 힐러를 시키고 다릴이 댕커, 딜러는 카를과 스테파니라는 4인 파티로 실전 연습을 시켰다. 츠토무는 힐러의 문제점을 지적하며, 여차하면 개입하는 역할이었다.

"유니스 양이지? 잘 부탁해."

"잘 부탁해요."

유니스는 츠토무를 제외하면 상당히 예의가 발라, 레벨 30 정도인 카를에 대해서도 깔보는 듯한 눈빛은 띠지 않는다. 임시 파티를 만들게 한 지난주부터 알고 있었던 일이지만, 붙임성은 상당히 좋은 편이다.

그리고 4인 파티의 공동묘지 탐색이 시작되었다. 진짜 탱커 직종을 넣은 파티에서 연습을 하는 것이 유니스는 처음인지라, 평소보다 긴장한 모양이다. 마음을 다잡듯이 여우 귀를 쫑긋 세우고, 뒤쪽의 꼬리도 불꽃처럼 흔들리고 있다.

"가는 거예요! 탱커인 사람! 부탁하겠어요!"

"컴뱃 크라이!"

다릴이 컴뱃 크라이로 열 마리의 스켈레톤을 유인한 사이에, 유니스는 댕기에게 프로텍디를 날렸다. 그리고 지핑이를 딜리 쪽으로 켜냈다.

"우오? 뭐야 이건?"

"그건 내가 보낸 헤이스트예요."

평평한 푸른 기체가 내디딘 발 앞에 나타나 놀란 카를에게 유니스는 의기양양한 표정으로 그렇게 말했다.

"하지만 아직 완전하지는 못하니까, 잘 밟아주면 좋겠어요."

"오, 알았어. 이걸 밟으면 되는 거지?"

"부탁해요."

유니스는 그렇게 말하고 가볍게 읊조려 지원 스킬의 시간을 세기 시작했다. 하지만 지금까지 유니스는 탱커에 대한 지원회복을 츠토무에게밖에 해 본 적이 없었기 때문에 다릴의 상태에 신경을 쓰지 못했다.

"빨리 탱커에게 회복 보내줘."

"힐……."

놓는 헤이스트에만 정신이 팔려 있던 유니스는, 츠토무의 말을 듣고 그제야 다릴이 다친 것을 알아챘다. 황급히 힐을 보내 머리에서 피를 흘리는 다릴을 치료했다.

다릴의 직업인 중기사는 체력(VIT)이 가장 높은 직종으로 알려져 있다. 그래서 레벨 30 전후라도 스켈레톤의 공격 정도라면 몇 번 맞더라도 대단한 상처는 입지 않을 것이다.

하지만 체력이란 것은 신이 내려준 것으로, 그것에 의해 몬스터의 공격이 경감되는 것에 지나지 않는다. 그리고 인체의 약점, 특히 목에서부터 위를 노린 공격은 치명타 판정이 되어, 설령 체력이 높아도 상당한 상처를 입는다.

그 때문에 탱커는 얼마나 치명타 판정 부위를 보호하며 몬스터의 공격을 받아내느냐가 열쇠였고, 광견 가름은 자연스럽게 그것을 할 수 있었다.

하지만 다릴이라는 탱커는 아직 미숙해서 치명타 판정 공격을 몇 번이나 당하고 말았다. 그래서 유니스도 평소보다 많이 회복 스킬을 사용할 수밖에 없이 혼란스러울 때 츠토무의 지적이 날아왔다.

"탱커에 집중하라고 말했잖아. 몇 번이나 말하게 하는 거야."

"알아요! 알고 있지만, 할 수 없어요! 그래도 불만이냐, 예요!"

"알고 있다면 빨리 개선해. 레온 씨에게 놓는 스킬을 맞춘다고 해도, 탱커에 지원회복을 할 수 없으면 의미가 없으니까."

4인 파티에서 전혀 힐러 역할을 해내지 못하는 유니스에게 지적의 폭풍이 날아들자, 그녀는 평소처럼 되려 성을 내기 시작했다. 하지만 이전과 달리 내던지거나 하지는 않게 되었다.

"다음은 잘할 거예요. 다들, 부탁하겠어요!"

"어쩔 수 없네."

카를은 유니스에게 부탁받아 기분 좋은 표정을 짓고 있다.

"죄송해요……."

"신경 쓸 일 없어요. 처음에는 그런 법이에요. 그러니까 빨리 능숙해져서 나를 편하게 해 줘요."

"아, 예."

유니스의 빙 사임에는 냉커인 나털보 움스터들있시만, 몸의 신장은 어느 정도 풀린 모양이었다.

그 뒤로 한 시간 동안 유니스의 힐러가 이어졌지만, 모두 시원찮았다. 유니스는 츠토무의 지적을 받으며 4인 파티에서 힐러를 하는 것이 어려운 모양인지, 매우 어수선했고 지원시간이나 회복도 엉망진창이었다.

딜러인 카를도 너무 의욕이 넘쳐 헛손질을 할 때가 있었고, 탱커인 다릴도 긴장은 풀렸지만 한 시간 만에 바로 좋아질 리도 없어 치명타 판정 공격을 잔뜩 얻어맞았다.

그렇게까지 탐색이 잘 풀리지 않는다면, 보통 파티의 분위기는 최악으로 흐를 것이다. 카를과 다릴 두 사람은 처음 보는 사람이고, 두 사람 다 실력이 좋지 못하다. 유니스도 힐러로서는 아직 부족했기 때문에 두 사람을 잘 활용한다고는 할 수 없다. 하지만 유니스가 중심인 파티는 의외로 분위기가 좋았다.

"수고했어요! 상당히 좋았어요. 다음에도 잘 부탁하겠어요."

"유니스도 종반에는 그거야. 놓는 헤이스트라는 거, 좋았어. 밟기 쉬웠어."

"흐흥. 내 실력이라면 당연해요. 하지만 좀 전에 장소가 어긋났을 때 카를이 밟아준 것은 고마웠어요."

"그때는 가랑이가 찢어지는 줄 알았어……."

"다릴도 종반에는 그다지 상처를 입지 않았어요. 그런 느낌으로 부탁하겠어요."

"예. 이쪽이야말로 유니스 씨에게는 도움만 받았어요. 다시 잘 부탁드릴게요."

츠토무가 보기에는 전원이 심각한 움직임이었고, 평소라면 입에 단내가 날 정도로 지적을 했을 것이다. 하지만 초심자끼리 즐겁게 의견을 교환하고 있는 파티의 분위기를 보고, 츠토무는 딱히 말을 하거나 하지 않았다.

'공주님 플레이를 해왔던 보람은 있네.'

유니스는 지금까지 금색의 선율에서 잔뜩 응석을 부리며 살아왔던 덕분인지, 다른 사람에게 능숙하게 의지할 줄 안다. 확실히 생김새만이라면 작아서 보호욕을 불러올 만한 호인 소녀이기 때문에, 유니스에게 부탁받은 남성은 간단한 부탁이라면 바로 들어주게 될 것이다.

게다가 아마도 유니스는 그런 의지하는 행위를 계산하면서 하고 있지 않다. 마치 그것이 당연한 것처럼 사람에게 의지한다. 레온이 말했던 순수하다는 말은 아예 틀린 것은 아니었다.

'자연산 공주님인가. 멸종 위기종이려나?'

츠토무가 「라이브 던전!」에서 많이 봐왔던 공주님들은 말하자면 양식산. 자신이 어떡하면 이 사람은 자기가 하는 말을 들어줄지를 계산하고, 약삭빠른 행동을 반복하는 사람들이다.

하지만 유니스는 그런 계산을 하지 않는다. 애초에 머릿속이 꽃밭이라, 그런 계산도 할 수 없을 것이다. 하지만 그렇기에 유니스의 주변에는 공주님 공간이 펼쳐져 있었다. 금색의 선율의 클랜 멤버들도 유니스가 레온의 동생이라는 이유만으로 사이좋게 지내는 것이 아닌 모양이다.

그 파티에 있는 것만으로 분위기를 좋게 만드는 능력을 유니스는 분명히 지니고 있었다. 그것은 흉내 낼 수 있는 종류의 것이 아니라, 천성의 재능이라고 할 수 있을 것이다.

"다음은 스테파니 씨네요."

"예."

그리고 무의식적으로 공주 플레이를 해서 파티 분위기를 좋게 했던 유니스와 교대해, 스테파니가 츠토무를 포함한 5인 파티에서 힐러를 하게 되었다.

쓰레기 파티

유니스와 한 시간마다 교대하며 스테파니는 5인 파티의 힐러를 연습했다. 스테파니는 유니스와 달리 우수해서 그다지 문제는 일으키지 않지만, 그래도 움직임의 개선점은 계속해서 내놓았다.

"딜러의 헤이스트가 끊기면 신체의 감각도 변하니까, 시간 관리를 확실하게 해 줘요."

"알고 있어요."

"그래요. 그럼 다음 가 볼까요."

조금 짜증이 섞인 스테파니의 대답을 츠토무는 신경 쓰는 기색도 없이 흘려넘겼다. 그리고 5인 파티는 금방 다시금 지면에서 솟아난 스켈레톤과 싸우기 시작한다.

3인, 4인, 5인 파티로 단계를 밟아 스테파니는 힐러를 연습해 왔다. 게다가 스테파니는 알도렛 크로우에서 실제로 5인 파티의 힐러를 소화해 왔다. 따라서 다소의 자부심이 있었다.

하지만 이곳과 알도렛 크로우에서 했던 힐러와는 작업량이 전혀달랐다. 딜러인 유니스와 카를에게 헤이스트를 부여한다. 그리고 오늘의 탱커는 자주 공격을 맞기 때문에 많은 회복 스킬을 사용해야 하고, 가벼운 피로를 치유하는 메딕도 보내야만 했다.

더욱이 전체의 지시 내리기와 몬스터의 어그로도 관리해야만 한다. 스테파니는 어느 정도 그것을 해내고는 있지만, 완벽하지는 않아서 츠토무에게 세세한 개선 지시가 나온다. 한 명 파티 멤버가 늘어나는 것만으로 이렇게까지 개신김이 니오지, 스테피니는 초조함이 밀려왔다.

자기가 생각해도 잘 풀리지 않는다는 것은 알고 있었다. 대처가 따라가지 못하고 머리가 혼란스러운 것을 본인도 알고 있다. 그렇기에 스테파니의 신경은 조금 날카로워져 있었다.

"조금 더 피격을 줄일 수 없나요? 머리를 보호하는 정도는 스스로 해 주세요."

"죄, 죄송합니다."

"그리고 당신도 제멋대로 공격해서 맞는 건 줄여주세요."

"쳇, 저 사람에게 혼났다고, 나한테 화풀이하지 말라고~."

"저는 딜러로서 당연한 일을 바라고 있을 뿐이에요."

지금까지 임시로 들어왔던 파티 중에서도 카를과 다릴은 실력이 없는 부류에 들어간다. 그리고 카를에게 그런 말을 들은 스테파니는 무기질적인 눈으로 쏘아보았다.

그런 두 사람 사이를 중재하듯이 츠토무는 손뼉을 쳐 시선을 모았다.

"좋아요, 그러면 오늘은 시간도 됐으니까, 이걸로 끝내도록 해요. 검은 문으로 귀환하죠."

"쳇, 벌써 끝이야. 별 볼 일 없었잖아."

"수, 수고하셨습니닷!"

츠토무가 오늘의 지도를 마치겠다고 하자, 길드 게시판에서 모집했던 두 명의 파티 멤버는 제각각 반응을 보였다. 그런 두 사람이 검은 문을 향해 가는 모습을 스테파니가 보고 있자, 유니스도 흥 하고 거친 콧바람을 내뿜었다.

"내일도 너의 짜증 나는 얼굴을 보는 건 참기 어려워요."

"내일부터 오지 않아도 돼."

"흥. 어쩔 수 없으니까 와주는 거예요. 감사하도록 해요."

발버둥 치면 발버둥 칠수록 빠져드는 끝없는 늪에서 몸부림치는 듯한 상황. 츠토무라는 본보기와 비교하면 자신은 결점투성이고, 그것은 알고 있었지만 바로는 개선할 수가 없다. 이제 지도 기간도 3주째에 돌입해 시간도 없다.

'할 마음이 없다면, 내일부터 오지 않아도 상관없는데.'

자신의 실력에 초조함을 느끼는 스테파니는, 츠토무에 대한 유니스의 태도마저 따지고 들고 싶을 정도로 여유가 없었다. 질척한 시선이 유니스에게 향한다.

"뭐, 뭔가요? 왜 그러는 거죠?"

그리고 항상 상냥한 눈빛을 하던 스테파니에게 갑자기 그런 시선을 받고, 유니스는 겁을 먹고 있었다.

상당히 순진한 반응을 보여 조금 제정신이 돌아온 스테파니는, 당황한 것처럼 고개를 흔들었다.

"죄송해요. 조금 초조했던 모양이에요."

"그, 그러셨나요. 그럼 괜찮아요."

저도 모르게 존댓말이 나온 유니스는 스테파니에게 도망치듯이 검은 문으로 들어갔다. 마치 적의를 받은 것이 처음인 것 같은 유니스의 반응에 스테파니는 복잡한 표정을 지었다.

레온의 재량으로 1군이 결정되는 금색의 선율과 달리 알도렛 크로우는 완전히 실력수의나. 따라서 성생이 지열해 스테피니도 언제 1군의 자리에서 쫓겨날지 알 수 없는 상황이다.

게다가 1군을 보는 클랜 멤버의 시선에는 딱히 선망만이 있는 것이 아니다. 질투, 분함, 미움, 그런 종류의 시선도 받게 되고, 이야기를 나눌 때 무언가 안 좋은 소리를 듣는 일도 있다.

3종 역할이라는 것을 정보원에게 배워 결과를 내보여 1군에 올라갔던 스테파니는, 그런 종류의 일에는 이미 익숙해질 정도로 경험했다. 따라서 저 시선만으로 겁을 먹는 유니스는 뭔가 딴 세상 사람처럼 보였다.

"아무리 유니스 씨라고 해도, 괜한 화풀이는 좋지 않아요."

"죄송해요……."

츠토무가 검은 문으로 도망친 유니스 쪽을 보며 쓴웃음을 짓고 말을 걸어왔다. 스테파니는 죄송스러운 듯이 머리를 숙였다.

그리고 츠토무와 스테파니도 검은 문을 들어가 길드로 귀환해 5인 파티 계약을 해제하고 해산했다. 그 뒤에 츠토무는 침울한 기색의 스테파니를 격려하기 위해 말을 걸었다.

"앞으로 2주 남았으니까, 그렇게까지 초조해할 필요는 없어요. 스테파니 씨는 좋은 페이스로 성장하고 있고, 이런 느낌이라면 오히려 여유가 있어요. 안심하고 고민해도 돼요."

"그런가요. 저는 아무래도 자신이 구멍투성이로만 생각되어요.

매일 개선점이 끊이지를 않고, 게다가 요새는 저기, 말하기 어렵지만, 임시로 들어오는 분들에게도 짜증을 내게 돼요……."

"그야 매일 파티 멤버를 바꾸고 있으니까요. 알도렛 크로우의 파티 멤버와 비교하면 떨어지기도 할 거고, 가끔 꽝을 뽑기도 해요. 오늘은 상당히 꽝이었네요."

길드 식당의 자리에 앉으며 그렇게 말한 츠토무를 보고, 스테파니는 심장이 덜컥 떨어진 것처럼 놀랐다. 그 뒤에 핑크색 롤빵머리를 흔들며 힘차게 응응 고개를 끄덕였다.

"그랬죠?! 특히 딜러분은 태도도 실력도 진짜 아니었어요!"

"아마 눈에 띄고 싶었던 게 아닐까요. 지금은 그것을 찍는 신대도 인기인 모양이니까요."

39층이라는 위치가 나오는 곳은 40번대 부근으로, 신대 중에서도 상당히 아래쪽이라 시청자도 많지 않다. 하지만 최근 2주 동안 힐러 지도를 정기적으로 찍고 있어서, 하위 신대치고는 시청하는 사람이 많아졌다.

게다가 이 파티에는 대형 클랜인 알도렛 크로우와 금색의 선율의 클랜 멤버가 있기 때문에, 함께 신대에 찍혀 눈도장을 찍어두고 싶은 사람도 있을 것이다. 하지만 너무 심한 사람은 츠토무가 쳐내고 있었기 때문에 지금까지는 문제가 발생하지 않았다.

"게다가 탱커분도 전혀 이해하지 못했어요! 그렇게나 피격을 당하다니, 탱커 실격이에요!"

스테파니는 초조함 때문에 여유가 없어진 탓인지, 본심이 흘러나와 계속해서 임시 파티 멤버에 대한 불만을 토해냈다. 파티 멤버를 비판하기 시작한 스테파니를 보는 츠토무의 눈은 왠지 그리운 기색이었다.

"응. 그 마음은 이해가 돼요. 하지만 다릴에게는 조금 더 빨리 힐을 써내 주었으면 좋았을 거예요. 이미 그 아이는 아직 힐러가 있는 환경에 익숙하지 않으니까, 움츠러든 게 아닐까요. 딜러인 카를은 유니스 씨의 놓는 스킬을 상당히 마음에 들어 했잖아요? 스테파니 씨도 얼추 사용할 수 있으니까, 카를에게 맞춰 주었다면 그 사람도 상당히 움직여 주었을 거예요."

"그랬을까요?"

"보기에는 그랬어요. 뭐 솔직히 처음에 파티 멤버를 탓하게 되는 건 어쩔 수 없는 일이에요. 저도 그건 경험이 있으니까, 그렇게까지 풀 죽을 필요는 없어요."

츠토무도 「라이브 던전!」에서 힐러에 익숙해지기 시작했을 무렵, 아군 파티 멤버를 비판하는 일은 흔히 있었다. 탱커는 힐러가 보면 눈에 띄고, 딜량(DPS)에만 집착해서 돌격하는 딜러에는 한숨만 내쉬었었다. 참고로 츠토무의 경우에는 즉석 파티라도 채팅으로 지적할 정도로 효율을 따졌기 때문에, 어떤 게시판에서는 상당히 유명했었다.

하지만 「라이브 던전!」이라면 딱히 마주 앉아서 하는 것도 아니기 때문에, 현실에서 무슨 소리를 해도 상대에게는 전해지지 않는다. 그러니 아무리 혀를 차고 언짢은 표정을 짓더라도, 채팅에 활기차게 괜찮아요☆라고 써두면 분위기가 나빠지거나 할 일은 일단 없다.

하지만 이 세계에서의 파티는 직접 얼굴을 마주치고, 함께 던전에 들어가 싸우는 상태였다. 그 때문에 별것 아닌 혀를 차는 행위나 한숨을 쉬는 행위라도 파티의 분위기는 금방 나빠진다.

"하지만 오늘은 유니스 씨와 비교하면 확연하게 분위기는 안 좋았죠?"

스테파니는 그렇게까지 노골적이지는 않았지만, 자신이 생각한 대로 움직이지 않는 전투를 이어감으로써 금세 불만스러운 표정이 어른거렸다. 그리고 카를과 말다툼이 결정타가 되어, 눈에 띄게 파티의 분위기가 나빠졌다.

하지만 스테파니는 그 말에 그다지 납득이 되지 않는지, 자신의 롤빵머리를 손끝으로 만지작거리며 빈론했다.

"그것은 확실히 그랬었네요. 하지만 그건 던전 공략에 관계가 있나요?"

"있어요. 실제로 오늘의 탐색만 말하자면, 유니스 씨 쪽이 효율은 좋았어요."

그렇게 단언한 츠토무를 보고 스테파니는 뭐라 말할 수 없는 표정을 지었다. 어찌어찌 말을 삼키려 하고 있지만 목에 걸리는 듯한 표정에, 츠토무는 저도 모르게 웃고 말았다.

"왜, 왜 그러시나요?"

"아니, 미안해요. 전혀 납득하지 못하는 표정이었으니까요. 분명 알도렛 크로우라는 클랜도 상당한 효율주의였죠?"

"알도렛 크로우는 실력주의예요. 딱히 파티 멤버와 사이가 좋거나 나쁘다는 건 상관없어요. 서로 일로 하고 있는 것이니까요."

"응. 딱히 유니스 씨처럼 화기애애한 분위기를 만들 필요는 없어요. 던전 공략이 잘 풀리면 저절로 분위기가 좋아지니까요. 스테파니 씨라면 실력으로 파티의 분위기를 좋게 만들 수 있어요. 그러니까 나쁜 분위기만 되지 않게 표정 관리만 하면 돼요."

"그렇게까지 할 필요가 있을까요? 아니, 츠토무 씨의 지도라면 기쁘게 따르겠지만요."

"음, 스테파니 씨는 말이죠, 제가 뭔가 힐러에 관한 걸로 지적해도 화가 나거나 하지 않잖아요?"

츠토무가 갑자기 일상대화라도 하는 듯한 톤으로 말하자, 스테파니는 정색하고 바로 답했다.

"당연하죠. 저는 츠토무 씨처럼 되고 싶어서 여기에 와 있어요. 오히려 일부러 지도해 주셔서 감사하는 마음밖에 없어요!"

"응. 고마워요. 하지만 유니스 씨는 어쩌려나요? 아마 저에게 지도를 받는 것이 싫어서 참을 수가 없겠죠."

"그것은, 예. 그렇네요."

"즉, 의식의 차이예요. 저도 그렇지만 분명 스테파니 씨는 아무리 파티의 분위기가 나빠도 충분히 힐러의 힘을 발휘할 수 있어요. 하지만 유니스 씨는 조금 전에 스테파니 씨가 노려봤을 때처럼 되어서, 충분히 힘을 끌어낼 수가 없게 돼요. 이해가 되나요?"

"죄송스러운 짓을 하고 말았어요."

"유니스 씨처럼 파티의 분위기가 나쁘면 충분히 힘을 발휘할 수 없는 사람도 있어요. 스테파니 씨는 문제없어도 다른 네 명은 모르잖아요?"

"과연 그렇네요."

"조금은 전해졌으려나요?"

"예. 확실히 그런 상태로는 힘을 충분히 발휘할 수 없을 거예요."

겁을 먹었던 유니스의 모습을 떠올리며 말하는 스테파니를 보고, 츠토무는 안심한 것처럼 숨을 내쉬었다.

"그러니까 분위기를 되도록 좋게 하도록 해요. 언짢은 표정은 금물이에요. 스마일로 부탁해요."

"알겠어요. 해 보겠어요."

"오오. 좋네요. 그런 느낌이에요."

기합을 넣듯이 양 주먹을 쥔 스테파니는, 꽃이 활짝 핀 듯한 웃는 얼굴로 대답했다. 그리고 츠토무에게 칭찬을 받자 그 얼굴을 모란 꽃처럼 붉혔다.

두 사람의 평가

그 뒤로 날짜가 흘러 3종 역할로 나눠진 길드 주최의 지도는 3주째의 최종일로 돌입했다. 그리고 그날 저녁 무렵, 길드의 감정실에서 하얀 고양이 귀가 특징적인 소녀가 의기양양하게 나왔다.

"끝났다~! 나는 자유야~!"

밀려 있던 감정물을 전부 처리한 에이미는 해방된 것처럼 양손을 치켜들고 있었다. 3주 정도 계속 감정실에 앉아 일했는데, 이 것도 전부 딜러 지도에 참가하기 위해서다. 이날을 위해 에이미는 관중에게 어떻게 지도하는 모습을 보여줄까를 밤마다 생각했었다.

"자~ 그럼, 모두 어디 있으려나~?"

에이미는 누군가를 찾는 것처럼 주변을 둘러봤다. 하지만 딱히 아는 사람은 보이지 않아서, 일단은 신대를 보고 다녔다.

'아, 길드장이다.'

상위 신대에는 카미유와 카미유에게 지도받는 딜러들이 나오고 있다. 그렇다고 해도 그 광경은 상당히 평화로워서, 도저히 지도하는 것처럼은 보이지 않았다. 게다가 그 딜러들은 관중들 사이에서도 잘 알려진 사람들이라, 그런 평화로운 지도 풍경이라도 상당히 화제가 된 모양이었다.

"쉬지 마라! 얼굴을 들어라!"

'……우와.'

딜러의 지도와는 대조적으로 탱커 쪽은 매우 살벌했다. 가름이 혹독하게 탱커들을 단련시키는 모습이 신대에 나오고 있다. 그 혹독함은 레온이 가름에게 항의할 뻔할 정도로 옆에서 봐도 엄격했다.

"무시무시하네. 가름."

"여자를 상대로 가차 없어."

귀신 같은 훈련풍경, 그것도 무명 탱커가 상대인지라 관중에게는 수요가 없는지, 그다지 인기는 없어 보였다. 그 신대 주변에는 탱커 직종 이외의 관중은 거의 없어 보였다.

'확실히 강해지기는 하겠지만……. 저래서는 인기가 생기질 않잖아.'

신의 눈에 찍히고 있다는 것을 전혀 자각하지 않는 가름을 보고, 에이미는 마음속으로 한숨을 쉬었다. 이전부터 그랬지만, 역시 개선하지 않은 기색이다.

그리고 힐러 지도도 보려던 차에 카미유 일행이 길드로 돌아왔다. 그래서 에이미는 기쁜 표정으로 달려갔다.

"카미유! 일 끝났어!"

"그렇구나. 수고 많았다."

"이걸로 나도 딜러 지도 할 수 있는 거지!"

하지만 그런 들뜬 기색의 에이미를 보는 카미유의 표정은 어딘가 겸연쩍어 보였다. 그리고 카미유는 마음을 정한 듯한 얼굴로 말했다.

"에이미, 미안하구나. 끝나고 말았다."

"어……?"

"딜러 지도는, 오늘로 끝나고 말았다."

"끝났다고……?"

딜러의 지도가 끝나고 말았다는 것을 들은 에이미는 망연자실한 표정을 지었다. 뒤에 있던 딜러인 레온은 그 이야기를 듣고 죄송스러운 듯이 손을 마주했다.

"미안해~! 에이미! 그럼 다음 주도──."

"예~ 저희 남편이 죄송하네요~."

"아야야야야야!"

다음 주에도 오겠다고 말하려 했던 레온은, 아내에게 귀를 붙잡혀 길드에서 끌려나갔다. 알도렛 크로우의 딜러 두 사람도 가볍게 머리를 숙이고 떠나갔다.

"모두 우수해서 말이다. 다음 주부터는 이제 오지 않는 모양이다. 미안하다만, 에이미 너는 다음 주부터 탱커나 힐러 지도의 보조를 해 주었으면 하구나."

"으~."

"미안하다."

"가름 쪽은 싫다고."

"그래. 그럼 츠토무 쪽에 가면 어떻겠느냐?"

"음~ 그거라면 딱히 상관없지만……."

딜러에게 무엇을 지도할지만을 생각했던 에이미는, 난처한 듯이 가늘고 긴 꼬리를 흔들었다. 힐러의 지도에 대해서는 츠토무에게 맡기는 편이 좋다는 느낌이 든다. 츠토무는 힐러에 대해 무언가 고집을 지니고 있다는 것을 알고 있기 때문에, 괜히 끼어들었다가는 오히려 방해가 되고 말 것이다.

"으~응. 힐러 지도는 츠토무에게 맡기는 편이 좋을 텐데~."

"그렇다면 다른 것을 지도하면 되지 않겠느냐? 신의 눈에 대해서는 에이미가 더 잘 알지. 요전번에도 말하지 않았더냐?"

"응! 그거 좋네! 그러면 그렇게 할까나!"

확실히 츠토무는 가름과 마찬가지로 신의 눈을 그다지 의식하지 않는 편이라, 그것에 대해서라면 자신이라도 가르쳐 줄 수 있다. 에이미는 바로 그거라며 손가락을 세우고, 츠토무가 나오고 있는 신대를 바로 찾았다.

"츠토무는~ 어디 있으려나, 응~? 츠토무의 제자는 여자애가 둘이네?"

"질투나느냐?"

"안 나, 딱히! 응~? 저 아이, 뭔가 이상하지 않아?"

에이미가 가리킨 곳에는 츠토무에게 대들고 있는 유니스의 모습이 있었다. 그것을 보고 카미유는 입가를 가리고 쿡쿡 웃었다.

"저래도 상당히 나아진 편이다. 처음에는 훨씬 심했지. 뭐, 츠토무는 선을 긋고 힐러를 가르쳐 주고 있는 모양이다만."

"뭔가 츠토무는 특이하단 말이야. 애초에 나에 대해서도 평범한 태도이고. 그리고 힐러에 대한 것이라면 갑자기 뜨거워지고."

"그렇지. 나도 츠토무에 대해서 조금 알아봤지만, 정보는 일절 나오지 않더구나. 알게 된 것은 미궁도시 출생이 아니라는 것 정도인가. 그래서 뜨내기인가 싶었더니, 일정의 교양은 갖추고 있는 것처럼 보인다. 대체 어디의 누구일시, 츠토무디는 님지간."

"뭐, 아무래도 좋아. 츠토무는 츠토무니까!"

태연하게 말한 에이미를 보고, 카미유는 어깨를 으쓱였다.

"그래 맞다. 에이미가 다시 탐색자가 되고 싶다고 생각하게 해 준 것만으로도 고마운 일이지."

"길드장도 조금은 탐색자로 복귀하고 싶어지지 않았어? 츠토무 덕분에 말이야!"

"뭐, 그렇지. 신기한 남자다. 츠토무와 던전에 들어가면 즐거워지지. 무엇보다 츠토무가 즐거워 보이니 말이다."

"그렇지! 나도 츠토무와 함께라면 파티를 만들 수 있을 거 같은 걸! 나한테 신경 쓰지 않고! 뭐라고 할까나~, 탐색자로 봐준다? 같은~?"

"그래. 츠토무는 던전 탐색을 중심으로 생각하는 부분이 있지. 그러니까 에이미에 대해서도 한 명의 딜러로 봐주고 있는 것이겠지. 길드장인 나에게도 처음에는 조심스러운 모습을 보이는 것 같더니만, 유니크 스킬의 이야기를 하니 눈을 반짝였으니 말이다."

"그렇지~. 참 좋아! 뭐랄까, 본래의 자신을 봐준다고 할지 말이야~."

응응 고개를 끄덕이는 에이미를 보고, 카미유는 한 가지를 제안했다.

"츠토무는 임시 길드 직원을 그만둔 뒤에 클랜을 만든다고 했다. 지금도 윤택한 모양이니, 나쁜 클랜은 되지 않겠지. 지금부터 들어갈 준비를 하는 게 어떠냐?"

"그거 전에도 말했잖아. 정말로 괜찮은 거야?"

"괜찮다. 자기가 하고 싶은 일을 억누르면서까지 길드 직원을 할 필요는 없다. 에이미가 하고 싶은 대로 하면 된다. 일도 끝마쳐 줄 것 같으니, 뒤처리는 나에게 맡겨두어라."

"그렇게까지 말해 준다면, 나 간다?"

"그래. 그 대신에 활약은 해야 한다."

"그런데 어쩌려나. 츠토무가 나를 넣어 줄까?"

갑지기 걱정스러운 얼굴로 허둥거리기 시작한 에이미를 보고, 카미유는 뭘 새삼스러운 소리를 하냐는 듯한 표정을 지었다.

"문제없을 거다. 화룡도 셋이서 해치우지 않으냐?"

"그래도 말이야, 츠토무는 굉장히 많은 돈을 모았잖아? 솔리트 신문사에서 받은 배상금도 전혀 손을 대지 않고 있는 모양이고…… 왠지 그 돈으로 훨씬 강한 사람을 고용하거나 할 거 같지 않아?"

"너보다 강하고 돈으로 고용할 수 있는 사람은 별로 없을 거다."

"별로 없다는 건 조금은 있다는 거잖아! 절대로가 아니잖아?!"

"에잇. 답답하기는. 내가 보장하니까 내일 물어봐라. 최악의 경우 거절당해도 내가 설득해 줄 테니까."

"그럼 처음부터 와 줘! 만약 거절당하면 나 마음이 꺾여버릴지도 몰라!"

그렇게 검은 문 앞에서 이러쿵저러쿵 말하기 시작한 두 사람을,
문지기가 미묘한 표정으로 보고 있었다.

유명 탐색자가 되는 방법

파티 합동 연습을 마치고 4주째에 돌입해, 힐러 지도 쪽도 막바지에 이르렀다.

"이렇게 인가요?"

"그래, 그러면 돼."

레온올 위해 자존심을 버리고 츠토무의 지도에 귀를 기울이게 된 유니스는, 3주 동안에 나름대로 성장했다. 원래부터 처음 5일 만에 놓는 스킬과 쏘는 스킬을 습득할 수 있을 정도로 재능은 있었기 때문에 성장속도는 상당히 빠르다. 그런 유니스의 재능을 고려해, 츠토무는 스킬 조작 연습을 철저하게 시켰다.

유니스가 힐러가 되었을 때, 가장 지원을 보내고 싶은 것은 틀림없이 사랑하는 레온일 것이다. 따라서 츠토무는 레온에 대한 지원을 용화 때의 카미유에게 한 것처럼 놓는 헤이스트를 이용해 할 것을 제안했다.

"탱커의 지원도 잊지 마."

"알고 있어요. 레온도 화룡을 해치우고싶어 하니까, 해치울 수만 있다면 할 거예요."

레온이 관련되면 유니스는 엄청난 의욕을 보이기 때문에 츠토무는 그것을 이용해 그녀에게 최대한 스킬 조작 연습을 시켰다. 그리고 그때 탱커의 지원회복도 빼먹으면 안 된다는 것을 기억에 주입시켰다.

츠토무는 유니스를 유니크 스킬 소유자인 게온의 지원에 특화시키면서도, 탱커에 대해 최소한의 지원회복을 하는 힐러로 만들어 갔다. 그편이 본인도 의욕이 나고, 특화시키는 편이 결과를 내기 쉽다.

"스테파니 씨는 이번 주에 화룡에 도전하죠?"

"예. 드디어예요."

스테파니에게는 좌우지간 폭넓은 기술과 지식을 채워 넣었다. 화룡을 목표로 삼고 나서는 스테파니도 이전보다 연습에 집중할 수 있었기 때문에 상당히 채워 넣을 수 있었을 것이다. 츠토무의 전망으로도 알도렛 크로우라면 화룡 돌파도 꿈이 아니다.

2주째에는 4인, 3주째에는 5인 파티에서 힐러도 경험시켜 충분히 형태가 잡혔다. 인원수가 늘어난 초기에는 당황하긴 했지만, 종반에는 이미 진정되는 담력도 손에 넣었다.

과제였던 좋은 분위기 만들기도 잘 풀리는 모양이다. 츠토무의 지도를 받고나서 진지한 표정을 짓는 일이 많아졌지만, 아무리 심한 임시 탐색자가 오더라도 언짢은 표정만은 짓지 않았다. 웃는 얼굴은 그다지 보이지 않았지만, 스테파니의 지원회복은 상당히 그럴듯해졌다.

그리고 스테파니의 안정된 지원회복을 받고 순조롭게 던전을 공략하게 되면, 자연스럽게 파티의 분위기는 좋아지는 법이다. 유니스처럼 귀여움으로 분위기를 푸는 것이 아니라, 스테파니는 실력으로 분위기를 좋게 만들었다.

그리고 이번 주는 최종 조정을 하고 있지만, 스테파니만 보면 더는 필요 없을 정도는 성장했었다.

"그러면 지도는 이제 됐으려나요. 스테파니 씨는 알도렛 크로우로 돌아가, 나머지는 파티 멤버와 함께 맞춰 가는 편이 좋아요."

"그, 그런가요? 아직은 츠토무 씨께 배워야 할 것이 많다 싶은데요……."

"아니에요, 나머지는 화룡을 대비해 알도렛 크로우의 파티와 연계를 높이는 편이 좋을 거예요. 좋은 소식을 기대할게요."

"예. 반드시, 기대에 응해 보일게요."

스테파니는 그렇게 말하고 츠토무의 손을 잡고는 용기를 얻듯이 쥐었다. 그리고 스테파니는 길드를 나서 알도렛 크로우로 돌아갔다. 그런 그녀를 배웅한 유니스도 기쁜 듯이 그 자리에서 폴짝폴짝 뛰었다.

"그러면 나도 끝이네요! 마침내 너와 작별이에요!"

"너는 보충수업이야."

"뭐요?! 어째서인가요?!"

"너는 지원 스킬의 사용시간 통일과 잔여 시간의 파악이 너무 형편없어. 오전 지도만은 시킬 거니까, 앞으로 5일 동안은 그런 줄 알아."

"싫어요! 너와 단둘이라니, 죽어도 싫어요! 어차피 내가 레온의 동생이라고 이상한 기대를 하고 혹시나 하는 심산인 게 뻔해요!"

"망상도 적당히 해. 얻어맞는다."

"얼마든지 덤벼요! 확실히 츠토무는 힐러만이라면 실력이 좋지만, 레벨 70인 나에게 육탄전으로 이길 수 있을 줄 아나요? 잔챙이는 어느 쪽인가요?! 내가 한 방에 냥에 저빅이 주겠어요!"

복서처럼 가벼운 풋워크로 움직이며 섀도복싱을 하는 유니스를, 주변의 탐색자들과 길드 직원이 훈훈한 표정으로 보고 있다. 츠토무가 주변을 빙글 둘러보고 주목을 받고 있다는 것을 알리자, 유니스는 고개를 갸웃거리며 마찬가지로 주변을 둘러봤다.

"뭐, 뭘 보고 있나요! 구경거리가 아니에요!"

금색의 푹신푹신한 꼬리를 꼿꼿이 세우고 화를 내는 유니스와는 반대로, 온화한 웃음소리가 터져 나왔다. 그리고 이미 카운터로 향한 츠토무를, 유니스는 눈을 흘기며 따라갔다.

"잠깐 기다려~!!"

그리고는 파티를 만들고 던전으로 들어가려는 츠토무를 뒤에서 부르는 목소리가 들렸다. 마법진에 발을 들이려 했던 츠토무가 돌아보자, 거기에는 숨을 헐떡이는 묘인 에이미가 있었다. 츠토무가 마법진에서 벗어나 다가가자, 그녀는 번쩍 고개를 들었다.

"나도 가고 싶어!"

"어? 에이미는 딜러 담당이잖아요?"

"그게 벌써 끝나 버렸어! 나도 가르치고 싶었는데! 하지만 가름 쪽은 죽어도 싫으니까, 츠토무 쪽에 넣어줘!"

"딱히 상관없지만, 솔직히 시시한 연습인데요?"

"괜찮아 괜찮아! 게다가 나도 조금은 가르칠 수 있는 것이 있으니까! 자 가자! 이야~, 서둘러 끝냈는데, 활약을 보여줄 곳이 없어지는 건 곤란하단 말이지."

최근 3주 정도는 오로지 던전에서 나온 아이템을 감정했던 에이미는, 굳어버린 몸을 풀듯이 털어 주고 있다.

"에이미가 가르칠 수 있다는 게 뭔가요?"

"그건 던전에 들어가고 나서 말해줄게! 아! 힐러에 관해서는 츠토무에게 전부 맡길 테니까 안심해!"

"그런가요. 감사해요. 그러면 가 볼까요."

"응. 아, 이 아이가 츠토무의 제자야?"

"아아, 이쪽은 금색의 선율의 유니스 씨예요. 알도렛 크로우 쪽은 이제 괜찮아 보여시 클랜으로 돌아가 연습하게 했어요."

"너무 평범한 소개라서 하품이 나와요."

"잠이 부족하면 어서 돌아가지 그래?"

"흥, 여기까지 왔으니까, 어쩔 수 없이 어울려 주는 거예요."

"상당히 사이가 좋네?"

경계하듯이 하얀 고양이 귀를 느릿하게 움직이는 에이미와 커다란 금색 꼬리를 흔들거리는 유니스, 그런 두 사람을 데리고 츠토무는 39층으로 전이했다.

▷▷

"이거, 정말로 시시하네."

"그러니까 말했잖아요."

"음~. 그럼 귀여운 유니스를 중심으로 찍어볼까나~."

오로지 날리는 스킬과 놓는 스킬만을 연습하는 시시한 풍경을 본 에이미는, 신의 눈을 유니스 쪽으로 다가가게 한다. 항상 보는 신의 눈과는 다른 부드러운 움직임을, 츠토무는 킴딘히며 보고 있었다.

"움직이는 게 능숙하네요."

"후후후. 오늘은 신의 눈을 움직이는 방법을 츠토무에게 전수해 주려고 온 거야! 이래 봬도 나는 어떤 각도가 가장 귀엽게 신대에 나오는지 상당히 연구했었다고."

"그런 소리를 해도 괜찮은가요?"

"응. 지금 부분만은 소리를 껐으니까, 신대에는 나가지 않아."

"어, 그런 기능도 있었네요……."

신의 눈 뒤쪽에 있는 손잡이 같은 것을 툭툭 두드리는 에이미를 보고, 츠토무는 팔짱을 끼며 뒤로 돌아갔다. 그러자 에이미는 신의 눈의 뒤에 붙어 있는 버튼을 손끝으로 눌렀다.

"그리고 또, 신대에 어떤 느낌으로 나오고 있는지 볼 수도 있어. 이것 봐."

"헤~. 신의 눈이라는 건 굉장하네요."

유니스가 날리는 스킬을 연습하는 영상이 출력된 신의 눈을, 츠토무는 재미있다는 표정으로 들여다봤다. 던전 공략에 관해서는 빈틈이 없는 츠토무도, 이 세계 독자적인 일에는 아직 어둡다. 흥미진진한 츠토무를 보고 에이미도 으흐~ 하고 득의양양하게 웃었다.

"그렇지~? 신의 눈을 움직이는 건 맡겨줘. 좋은 그림을 모두에게 보여줄 수 있고, 유니스도 귀엽게 찍어줄게."

"딱히 저걸 귀엽게 찍을 필요는 없는데요."

"어라? 그래도 왠지 상당히 사이좋아 보였잖아?"

"예~? 그랬었나~……."

때때로 신의 눈으로 찍고 있는 영상을 확인하며 대답하는 에이미는, 살짝 언짢은 기색으로 입술을 삐죽이고 있었다.

"이것이 음량이고 이것이 영상을 보는 버튼이죠. 그 밖에는 뭐가 있나요?"

"음~ 움직이는 법은 알고 있지? 기본적으로는 저쪽으로 가~ 라든지, 이 사람을 찍어~ 라고 생각하면 그대로 움직여줘. 그리고 버튼 같은 거 누르지 않아도 마음속으로 생각하면 기능은 그대로 움직여."

'우리 세계보다 훨씬 기술력이 뛰어난 거 아니야?'

신의 눈을 움직이는 것 자체는 쉘 크랩과 싸울 때부터 알고 있었지만, 기능을 쓰고 싶다고 생각하는 것만으로 실행할 수 있다는 것은 전혀 몰랐다.

"그리고 음성에는 신경 쓰는 편이려나. 신의 눈은 자동으로 맡겨두면 상당히 멀리서 찍어버릴 때가 있어서, 그럴 때 파티 멤버의 목소리가 잘 안 들릴 때가 있으니까, 그럴 일이 없도록 하고 있어."

"정말 많이 신경 쓰고 있네요. 아니, 정말로 그건 몰랐어요. 여러모로 써먹으면 편리할 거 같네요."

"그래! 정말이야! 모두 좀 더 신대에는 신경을 쓰는 편이 좋아! 왜냐면 보기 편한 편이 반드시 좋잖아~! 대형 클랜도 조금은 신경 써주면 좋겠어! 가끔 무지 보기 힘들 때도 있고, 소리도 안 들릴 때도 있는걸!"

"헤에~."

"남 일이 아니잖아~. 화룡 때, 츠토무도 전혀 고려하지 않았잖아~."

"잘못했다니까요."

"하다못해 시간 정도는 모두 보기 편한 때로 맞춰 주지 않으면 안 된다고~."

에이미는 그렇게 말하며 도끼눈을 뜨고 츠토무의 어깨를 손가락으로 꾹꾹 눌렀다. 츠토무가 했던 첫 번째 화룡전은 관중이 보기 쉬운 시간 같은 것을 생각하지 않았기 때문에, 미궁 마니아들에게서도 불만의 목소리가 터져 나왔다.

"그리고…… 영상이 보기 쉬운 편이 반드시 스폰서가 붙어줄 가능성이 커지니까."

"그렇다는 건?"

잘 됐다 싶어 들뜬 기색으로 목소리를 낮추는 에이미에게 츠토무가 계속하라고 재촉하자, 기다렸다는 듯이 눈을 반짝였다.

"신대에서 눈에 띄면 클랜을 지원해 주는 사람이 생겨. 으~응, 가장 흔히 있는 건 노점을 경영하는 사람들이려나? 그 사람들은 신대를 보는 관중이 장사 상대니까 말이야, 자주 찍히는 탐색자에게는 상당히 서비스를 해 주거든."

노점을 경영하는 측에서 보면, 유명한 탐색자들은 손님을 불러주는 호객꾼이나 마찬가지다. 그래서 통 크게 상품을 공짜로 주거나 하는 일이 흔히 있다.

"제일 처음에는 노점 사람들뿐이겠지만, 섬섬 유명해지면 무기점이라든지, 방어구점이라든지. 여러 사람들의 지원을 받을 수 있게 돼. 좋은 일뿐이야!"

던전을 탐색하기 위해서는 다양한 장비와 도구가 필요하다. 그리고 유명한 탐색자가 장비한 무기나 방어구는 신대에 나오게 되어 좋은 선전이 된다.

그러기 때문에 상위 신대에 나와 영향력이 큰 클랜과 파티에는 필연적으로 무기나 방어구, 탐색에 필요한 도구 등을 만드는 공방이 스폰서가 되어 주고 있다. 그 흐름은 실제로 선전효과를 보여 매상이 상승한 가게가 나오고 난 뒤에는 더욱 두드러졌다.

"하지만 중견 클랜 같은 곳은 말이야, 유독 융통성이 없단 말이야! 실력이 있으면 괜찮다면서 신의 눈은 계속 자동촬영이고!"

"뭐, 저도 그 마음만은 좀 이해가 되지만요."

「라이브 던전!」에서도 마찬가지로 방송 기능은 있어서 츠토무도 인기 스트리머를 몇 명인가 봤었다. 그리고 당시 가장 인기였던 것은 자신보다 확연히 실력이 떨어지는 아이돌인 척하는 사람이었다.

백마도사 중에서도 가장 실력이 있다는 말을 들었던 츠토무보다도, 방송에서는 그쪽이 인기였던 것이다. 플레이 시간으로도 실력으로 자신이 우위였음에도 불구하고, 그 아이돌인 척하는 사람에게 인기로는 압도적으로 뒤쳐지는 것을 부조리하다고 생각했던 시기도 있었다.

"뭐~? 하긴 츠토무라면 그것도 통하겠지만……. 그래도 전원이 츠토무처럼 될 수 있는 건 아니니까 말이야. 신대에는 무조건 신경을 써야 해."

"그렇겠죠. 아마 스폰서가 붙느냐 붙지 않느냐는, 그렇게까지 실력이 관여되는 건 아니죠?"

"그래 맞아! 결국 그 클랜에 영향력이 있느냐 없느냐야. 스폰서 하는 곳도 매상이 좋아지지 않으면, 탐색자를 지원하는 의미가 없으니까!"

물론 징비를 융통해 주는 번듯한 스폰서가 생기려면 상위 신대에 들어갈 정도의 실력이 필수다. 특히 이 세계에서는 상위가 될수록 탐색자가 나오는 모니터가 커지고 화질과 음질도 상승하기 때문에 위일수록 좋다.

하지만 반드시 1등을 차지해야 하는 것은 아니다. 실제로 에이미는 유니크 스킬 소유자에게는 뒤지는 실력이지만, 스폰서는 탐색자를 그만둔 현재도 제일 많았다.

말하자면 지원한 사람을 통해 얼마만큼의 손님을 움직일 수 있는가. 스폰서가 되어 주는 공방 등은 선전하기 위해 지원하는 것이라, 그 사람의 실력이 아니라 영향력을 원하는 것이다.

"아마 백마도사는 이제부터 뻗어나갈 테니까, 신대에 대한 것도 신경을 써봐! 반드시 그편이 클랜 경영이 편해질 거야! 힘들겠지만 노력하자! 알았지! 츠토무."

"아, 예. 노력하죠~."

그렇게 신의 눈에 대고 말하고 마무리 지은 에이미에게 격려받은 츠토무는 조금 의욕 없이 주먹을 치켜들었다.

"솜 선부터 뭘 하고 있는 거네요?"

조금 전부터 혼자서 스킬 연습을 하고 있던 유니스는, 흥을 내고 있는 두 사람에게 자기도 끼워달라는 듯한 얼굴로 다가왔다.

스타트 대시 캠페인

그 뒤로 5일 동안은 유니스의 힐러 지도 이외에 에이미가 탐색자 대상으로 신의 눈을 움직이는 방법과 신대나 스폰서 제도에 대해 자세하게 설명하는 강의가 진행되었다.

"유니스의 꼬리는 참 복슬복슬하네~."

"흐흥. 그렇죠, 그렇죠. 이건 소밀 수시를 배합한 샴푸를 쓰거든요……."

그러는 사이에 유니스와 에이미는 완전히 사이가 좋아져, 미용 관련 이야기로 꽃을 피우고 있었다. 나이도 키도 두 사람은 그다지 차이가 없기 때문에, 츠토무에게는 둘 다 학생처럼 보였다.

"그러면 너도 이걸로 끝이네. 수고했어."

"흥, 내일부터 네 얼굴을 보지 않아도 된다고 생각하니까, 기뻐서 춤이 나올 것만 같아요."

"여전히 흉흉하네. 두 사람 다."

최근 5일 동안 두 사람이 끊임없이 말다툼하는 것을 봤던 에이미는, 가늘고 긴 흰 꼬리를 휘었다. 그러자 유니스가 츠토무에게 딱 손가락질했다.

"너만은 반드시 넘어 주겠어요! 두고 봐요!"

"그러면 어서 화룡이라도 해치우고 와."

"흥! 금방 물리쳐 주겠어요!"

유니스는 그렇게 말을 내뱉고 달려갔다. 활기차네~, 라고 에이미가 중얼거리는 중에 츠토무도 바로 몸을 돌려 길드 카운터로 향했다.

"츠토무는 이제부터 어떡할 거야?"

"우선은 신규 탐색자의 대응에 대한 지원이려나요."

"어? 그래?"

"예. 특히 이제부터 알도렛 크로우나 금색의 선율이 화룡을 돌파하면, 백마도사나 기도사, 기사 계통의 직업은 신규, 또는 복귀자가 많이 생길 거니까요. 지금의 길드 대응은 10만을 받는 것치고는 불친절하잖아요."

탐색자의 증명인 스테이터스 카드를 작성하려면 10만 골드가 들지만, 그 금액에 대한 길드의 대응은 솔직히 건성이다. 그렇기에 신규 탐색자들이 벌레 탐색자들에게 털리는 사태가 벌어지는 것이다. 그것을 막기 위해서도 츠토무는 이미 다양한 계획을 카미유에게 제안했다.

"으~응. 그러려나~? 우리가 탐색자였을 시절에는 애초에 길드 같은 건 없었는데? 그거에 비하면 굉장히 친절하다고 생각하는데 말이야~."

"나중에 들어오는 신규에게 친절하게 대해 주지 않으면 따라오지 못하니까요. 그렇다고는 해도 그렇게까지 친절하게 할 생각은 없어요. 이번에 지원하는 것은 해악인 벌레 탐색자 제거와 최초 파티를 길드 측에서 짜주는 정도려나요."

탐색자라는 직업은 현재 상태로도 인기가 있는 편이므로 아마 길드 측에서 적절한 환경을 갖추는 것만으로도 문제가 없을 것이다. 오픈하고 시간이 지난 온라인 게임처럼 과도한 서비스를 시행하지 않아도 신규 유입은 충분히 있을 것이다. 그만큼 신의 던전이라는 존재는 획기적이고 확실하게 사람의 마음을 끄는 것이다.

"탐색자의 블랙리스트 자체는 접수원 아가씨도 개인적으로 작성하고 있으니까, 벌레 탐색자는 상당히 특정할 수 있어요. 그리고 신입 탐색자와 파티를 만들지 못하게 하면 그만이니까, 이건 금방 도입할 수 있어요."

지금까지 탐색자의 파티 계약 등의 창구를 담당했던 접수원 아가씨들은, 누가 벌레 탐색자인지 얼굴을 보면 알 수 있다. 그런 악질적인 탐색자는 적어도 신입과는 파티를 만들지 못하도록 길드 측에서 설정하면 된다.

"게다가 신입 탐색자를 담당하는 것도, 탐색자 경력이 있는 길드 직원이 적임자겠죠. 조금 인재가 부족한 느낌이지만, 그 점은 돈을 줘서 힘내게 하는 느낌이 되려나요. 다행히 길드의 운영자금 자체는 상당히 잘 돌아가는 모양이니까요."

신문을 좌지우지했던 솔리트 신문사와 비교하면 뒤처지지만, 길드도 충분히 거대한 자본을 지니고 있는 단체였다. 탐색자 대상의 은행부터 감정, 지도, 식사 등 다양한 사업에 손을 댈 수 있는 인재가 갖추어져 있고, 자본력도 충분하다.

게다가 길드의 손님은 거의 탐색자이기 때문에, 신규가 들어오지 않으면 운영 자체도 어려워진다. 지금은 이래도 인기가 있기 때문에 돌아가고 있지만, 언젠가 질리는 순간도 온다. 그때를 위해 지금부터 신규 탐색자를 정착시키는 것은 좋을 것이다.

이미 이런 사항늘은 카미유와 부길드킹, 길드 지원든에게도 제안한 상태라, 대략적인 의견은 전해졌다. 따라서 츠토무도 이제부터 길드 직원과 섞여서 사무작업을 하게 될 것이다.

"잘도 그런 귀찮은 일을 하네~……."

"실제로 신의 던전이 여기에만 있다고는 단정할 수 없으니까요. 만약 다른 장소에도 출연한 것을 생각한다면 여유가 있는 지금 손을 써두지 않으면 안 되고, 현재 상황에 위기감을 느끼고 있던 직원분도 상당히 있었던 모양이니까요."

이번 신규 탐색자에 대한 지원에 대해서는 츠토무는 계기에 지나지 않았다. 그 일은 모두 내심으로 생각하고 있던 것으로, 부길드장도 남몰래 계획하고 있었다.

그 기획에 츠토무는 「라이브 던전!」에서 흔히 봤던, 신규 가입자에게는 아이템을 배포하거나 지도를 무료로 제공해 주거나 하는 것을 첨가한 정도다. 접수원 아가씨의 블랙리스트 대응에 대해서는 부길드장이 사전에 준비하고 있었고, 파티 모집 게시판의 개량도 이미 진행되고 있다.

"나머지는 상위 신대에서 힐러와 탱커의 활약을 기다리는 것뿐이네요."

"흐~응. 츠토무는 양쪽 다 돌파할 수 있을 거 같아?"

"조금 시간은 걸릴지도 모르겠지만, 할 수 있을 거예요. 그러니까 지금 신규 유입 태세를 준비하고 있는 거죠."

금색의 선율은 유니크 스킬을 소유한 딜러 레온을 살리면 상당히 쉽게 공략할 수 있을 것이다. 실제로 4딜러 구성으로도 금색의 선율은 좋은 싸움을 유지했었으니까, 3종 역할을 도입하게 되면 돌파는 가능할 것이다.

알도렛 크로우는 높은 수준의 탱커와 힐러를 구사하면 안정적으로 돌파할 수 있을 것이다. 게다가 원래부터 다양한 실력을 지닌 탐색자를 보유하고 있었던 만큼, 알도렛 크로우의 탱커 직종 들은 가름에게 필적할 정도로 강했다.

"그리고 알도렛 크로우의 탱커는 왠지 강해 보였으니까요."

"화면이 보기 답답해."

탱커의 지도일도 오늘로 마지막이지만, 신대에 나오는 가름은 여전히 엄격한 훈련을 시키고 있다. 에이미는 신대에 나오고 있는 남자 3인조를 보고, 으엑 혀를 내밀었다.

지금도 가름에게 마지막 지도를 받는 비트만이라는 남자는 바깥의 던전을 여럿 제패했던 경험이 있는 전직 군인이다. 30년 가까이 몬스터를 상대하고 살아남은 경험을 지니고 있어, 그 생존능력은 매우 뛰어났다.

하지만 생존능력이 높다는 것은 지금까지 평가받지 못했던 것이기에, 탱커 직종인 사람들을 제외하면 그다지 알려지지 않은 인물이었다. 하지만 가름은 비트만을 옛날부터 알고 있었고, 말로는 꺼내지 않지만 존경하는 마음이 있었다.

그리고 다른 한 명의 탱커인 노란이라는 남자도 유명 용병단에 소속되어 있던 전투의 프로다. 그는 대인능력이 가름을 능가할 정도로 뛰어난, 피로 물든 전장을 전전한 실력자다.

그러나 이쪽은 죽어도 되살아나는 신의 던전에서는 그렇게까지 의욕을 보이지 않고, 클랜에서 부서해 둔 힐링 광을 소회하고 순만 마시는 남자였다. 하지만 탱커라는 역할을 알고 나서는 조금 의욕을 보이게 되었다.

"뭐, 제 일은 이미 끝났으니까요. 나머지는 결과가 나올 때까지 지루한 일을 소화해야죠."

"흐~응. 뭐, 나도 한가하니까 같이 해줄게."

가름이 나오고 있는 신대에서 눈을 떼고 카운터로 향하는 츠토무에게, 에이미도 그렇게 말하며 따라갔다.

격려

알도렛 크로우와 금색의 선율의 클랜 멤버들에게 탱커 지도를 시작하고, 벌써 4주가 지나려 하고 있다. 오늘은 일찍 끝내려고 생각하고 있던 가름은, 새삼 4주 동안 지도해왔던 네 명의 탐색자를 둘러보았다.

'처음에는 어떻게 되나 싶었시반……, 용케 여기까지 따라와 주었군.'

금색의 선율 탱커들은 솔직히 처음에는 전혀 써먹을 수가 없는 존재였다. 그녀들은 가름보다 높은 70레벨이었지만, 오크에게 일대일로 싸워서 질 정도의 실력밖에 없었다.

너무나도 심각해서 가름이 이유를 물어봤더니, 지금까지 금색의 선율의 클랜 리더인 레온의 파티에 그저 짐꾼으로 따라가, 레벨만을 올릴 수 있게 해 주었다고 한다. 그렇기 때문에 전투 경험이 거의 없어, 레벨만 높고 실력은 없는 이들이었다.

하지만 본인들에게 약한 자신을 바꾸고 싶다는 의지만은 있었다. 그렇기 때문에 여성이 대상이라고는 생각할 수 없을 정도로 혹독한 가름의 훈련에도 필사적으로 따라갔다.

그리고 그 혹독한 훈련을 두고 보지 못한 레온이 두 사람을 보호하려고 왔을 때도, 그녀들은 그 달콤한 유혹을 자기 의지로 내쳤다. 가름이 하는 훈련은 우수한 비트만과 노란마저도 힘들다고 느낄 정도였다. 그런 환경에 자신을 남겨두겠다는 그 의지에는 가름과 다른 사람들도 감탄했었다.

그리고 알도렛 크로우의 탱커 직종들은 사전에 알고 있던 대로 대단히 우수했다. 전직 군인인 비트만과 전직 용병인 노란은 트집을 잡을 구석이 없는 뛰어난 사람이었다.

비트만은 아무튼 생존능력이 높다. 병사로서 기초를 중시하고 틀이 잡힌 움직임을 철저히 지켜온 비트만은, 가름이 반할 정도로 몬스터의 대처가 능숙했다.

노란은 전직 용병이었던 만큼 난폭하고 귀찮은 것을 싫어하는 성격이다. 움직임도 비트만과 비교하면 거칠고 자기만의 방식이 많다. 하지만 실력은 확실해서 광견이라고 불리는 가름과 통하는 부분을 지니고 있었다.

목숨을 건 전장에서밖에 생겨나지 않는 육체의 한계를 넘는 힘. 그것을 노란은 다룰 수 있는 소질이 있었다. 가름도 신의 던전에서 그 힘을 사용해 억지로 딜러를 해왔기 때문에, 노란에게는 그것을 철저하게 지도했다.

"좋아, 여기까지."

"오오? 빠른데~."

"이제 충분하겠지. 4주 동안 수고 많았다."

기초적인 달리기와 몬스터를 상대하는 전투를 마치고, 저녁이 될 무렵에 가름은 지도를 마치겠다고 선언했다. 그러자 금색의 선율의 여성 둘은 풀썩 땅에 주저앉고, 비트만과 노란은 맥빠진다는 표정을 지었다.

"끝났어……! 끝난 거야!"

"해냈어! 해냈다고!"

바닥에 주저앉아 저도 모르게 소리치고 있는 여성 둘에게 가름은 쓴웃음 지으며 다가갔다.

"두 사람 모두, 4주 동안 잘 따라와 주었다."

"아니, 정말로 잘 따라왔어. 대단하다고, 너희들."

처음에는 실력이 없는 두 사람을 깔보았던 노란도, 지금은 전우로 인정하고 있었다. 레온 파파한테 돌아가서 허리나 흔들라며 진심으로 무시했던 직이 있었다고는 생각할 수 없는 태도다.

그 정도로 가름의 훈련은 혹독했다. 특히 레벨만 높고 실력이 없었던 그녀들은, 너무 달려서 아침을 토하고, 몬스터에게 둘러싸여 몇백 번 죽음을 경험했다. 여성이라고 해서 가름은 봐주지 않았고, 오히려 실력이 없는 만큼 지도는 더욱 혹독해졌다.

하지만 그녀들은 그 차별 없는 지도가 오히려 고마웠다. 레온은 약혼자로는 매력적인 남자지만, 탐험자로는 너무 상냥하다. 따라서 가름의 혹독한 지도는 성장하고 싶은 그녀들에게는 바라던 바였다.

"감사했습니다! 덕분에 성장할 수 있었어!"

"그래. 여기까지 따라와 준 너희라면 문제없다. 나도 자신 있게 떠나보낼 수가 있다."

솔직히 가름도 처음에는 그렇게까지 금색의 선율의 두 사람에게는 기대하지 않았다. 노란이 처음에 말했던 대로 도중에 힘들어져 3일도 지나지 않아 탈락하게 되리라고 생각했었다.

하지만 그녀들은 자신의 의지로 계속해서 지도를 받고, 우는소리도 내뱉지 않고 따라왔다. 어째서 그렇게까지 하면서 따라오는지 물었더니, 그녀들은 화룡전에서 봤던 가름처럼 되어, 최종적으로는 레온의 도움이 되고 싶다고 말했다. 그러기 위해서라면 어떤 훈련이라도 받겠다고 단언한 두 사람을 보고, 가름은 둔기로 머리를 얻어맞은 것 같은 충격을 받았다.

기사 계통의 직업은 던전 공략이 진행될수록, 그저 튼튼한 짐꾼 취급을 받는 일이 많아졌다. 가름은 그 흐름 속에서 유일하게 딜러에 파고든 사람이었지만, 모든 사람이 가름처럼 될 수 있는 것은 아니다. 그런 사실은 기사 직종이 아무도 따라오지 못하는 상황을 보고 알고 있었다.

하지만 츠토무가 고안한 탱커라는 역할이라면 튼튼한 기사 직종이라도 크게 활약할 수 있다. 그것을 알고 있었기에 가름은 이 역할 지도를 앞장서서 맡은 것이다. 다른 사람들에게도 자신이 츠토무와 파티를 맺었을 때 같은 감각을 맛보게 해 주고 싶었다.

그리고 탱커라는 역할을 필사적으로 배우려 하는 두 사람. 그런 그녀들을 잘라내려 했던 것을 가름은 부끄러워했다.

그 뒤로 가름은 레온에게 질투받을 정도로 친절하게 지도하고, 두 사람도 잘 따라왔다. 그리고 마침내 4주 동안의 지도를 완료하고 여기까지 올 수 있었다. 따라서 가름도 자신 있게 돌려보낼 수 있다.

"비트만과 노란은 문제없겠지. 결실을 보여주길 부탁한다."

"알았다."

"맡겨두라고."

가름의 말에 까까머리인 비트만과 부스스한 머리를 한 노란도 자신감이 담긴 말로 답했다. 두 사람은 레벨도 실력도 있었기 때문에, 탱커의 기본적인 것을 가르치면 금방 실천할 수 있었다. 게다가 두 사람 모두 탱커로서의 개성도 겸비하고 있기에 전혀 문제없을 것이다.

"모두에게는 기대하고 있다. 아마도 너희를 시작으로, 기사 직종의 상태도 바뀌어 가겠지."

"히, 그럼 좋겠지만 말이야."

"적어도 화룡을 해치우면 변하겠지. 부탁한다."

"간단히 말하지 말라고~. 광견인 네가 아니니까 말이야."

"나도. 마찬가지다."

광견이라고 불렸던 가름은 쓸쓸한 표정으로 나직이 중얼거렸다. 그런 약한 모습을 보이는 가름을 보고, 금색의 선율의 두 사람은 화난 것처럼 노란을 노려봤다.

"잠깐 노란! 무슨 소릴 한 거야?!"

"아, 아니야. 왜 그래 가름? 네가 그런 얼굴을 하다니 말이야."

"나도, 너희와 같은 기사 직종이다. 광견, 광견이라며 칭찬해대기는 하지만 마찬가지지. 동업자인 너희에게 그렇게 불리는 건, 조금 슬프군."

그런 말을 듣고 노란은 시선으로 비트만에게 도움을 요청했지만, 그는 고개를 가로저었다. 그런 비트만을 보고 노란은 체념하고 가볍게 머리를 숙였다.

"미안해. 그러니까 그렇게 침울해하지 말라고. 영 이상하잖아."

"내 급에 인정했던 니토, 그저 필사적이었을 뿐이다. 그래도 결국 따라가지 못하고 탐색자를 은퇴했지. 어째서 이런 직종이었느냐고 신을 원망한 적도 있었다."

"그랬었나요."

두 여성은 가름에게 공감하듯이 진지한 표정으로 고개를 끄덕였다. 비트만과 노란도 가름이 그런 고민을 했다고는 생각지 못했는지, 의외라는 듯한 표정을 지었다.

그러자 가름은 애처로운 표정을 풀고, 진지한 표정으로 네 사람을 바라봤다.

"하지만 지금은 다르다. 탱커라는 역할은 기사 직종인 우리밖에 할 수 없다. 그것은 멋진 일이 아닌가? 나는 감격을 금할 수가 없다. 다시 탐색자로 복귀하고 싶어질 정도로 탱커라는 역할은 재미있다. 그러니까 너희 네 사람은 반드시 활약해 주길 바란다. 그리고 기사 직종들의 희망이 되어 주도록."

"예! 열심히 할게요! 활약할게요!"

"반드시 화룡을 해치우겠어요!"

"숨이 텁텁해지는데."

여성 쪽이 열혈이라는 것에 노란은 질린 기색을 보였지만, 이제 그녀들은 같은 혹독한 훈련을 함께한 전우나 마찬가지다. 따라서 그도 무시하거나 하지 않고, 긁적긁적 얼굴을 긁었다.

"알았다고. 나도 하는 데까지는 해 보겠어. 그렇지, 비트만?"

"그래. 맡겨둬라."

알도렛 크로우의 두 사람도 가름에게 동의하듯이 고개를 끄덕였다. 그것을 보고 안심한 것처럼 웃는 얼굴을 보인 가름은 탱커 네 사람을 배웅했다.

빠지게 되는 순간

츠토무의 힐러 지도 4주째 첫날에 연습을 마치고, 스테파니는 알도렛 크로우로 돌아왔다. 아직 탱커 쪽 사람들은 가름의 지도를 받고 있기 때문에 전원이 모인 것은 아니다. 하지만 딜러 쪽 사람들은 지도가 끝났기 때문에 스테파니는 그 사람들과 파티를 만들고 움직임을 맞춰보고 있었다.

"헤이스트. 오크 세 마리가 북쪽에서 오고 있어요! 루크 씨는 그 세 마리를 부탁드려요!"

딜러에게 지원을 부여하며 스테파니는 지시를 내려간다. 이전의 연약한 인상과는 완전히 달라진 스테파니의 모습에 딜러들은 어리둥절해서 서로 얼굴을 마주 보고 있었다.

"다음 주에는 화룡을 공략하고 싶네요."

"물론 목표는 하고 있지만 말이야. 상당히 빠르지 않아?"

"츠토무 씨가 할 수 있다고 말씀하셨으니까 할 수 있어요."

더욱이 다음 주에는 화룡을 공략하자고 선언한 스테파니를 클랜 멤버들은 마치 다른 사람인가 싶어 바라봤다. 알도렛 크로우의 클랜 리더인 루크도 스테파니의 변화에는 놀란 모양이다.

실력은 나름 있지만, 아무래도 자신감이 없다. 그런 인상이 있었던 스테파니는 3주 동안의 지도로 상당히 변해, 자신감이 생긴 것처럼 보였다. 몬스터와의 전투에서 스테파니는 지시를 내리고 있는데, 지도받기 전을 생각하면 있을 수 없는 행동이다.

소생 특화 백마도사는 솔직히 누가 해도 실력 차이는 그다지 나타나지 않는다. 아군이 죽을 때까지는 몬스터에게 노려지지 않도록 아무것도 하지 않고 숨어, 몇 명이 죽었을 때 한꺼번에 레이즈를 사용해 소생. 그리고 몬스터에게 타깃이 되어 죽는다.

그렇게 어린아이라도 할 수 있는 역할을 담당하고 있으면 자신감이 생길 리가 없다. 따라서 백마도사들은 격렬한 경쟁 속에서 격전을 벌이는 딜러들에게는 열등감을 느끼고 있는 이가 많았다.

하지만 지금의 스테파니에게는 츠토무에게 지도받은 지식과 경험이 계승되어 있었다. 그것들은 스테파니에게 자신감을 부여해 줘, 강한 딜러들에게도 열등감을 느끼는 일 없이 지시를 내릴 수 있게 되었다.

그리고 5일이 지나 탱커들도 가름의 지도를 다 받고 돌아왔다. 이것으로 알도렛 크로우의 1군 파티는 모두 모였다.

'멋져요.'

그리고 첫 파티 합동 연습에서 스테파니는 탱커 직종의 성장을 금방 알아챘다. 이제까지 츠토무에게 지도받았을 때, 스테파니는 매일 다른 탱커를 상대로 지원회복을 했었다. 아직 탱커라는 역할조차 모르는 사람이나, 미숙해서 몬스터의 공격을 많이 당하고 마는 사람. 그 밖에도 다양한 탱커를 스테파니는 봤지만, 알도렛 크로우의 1군에서 온 사람들은 그중에서도 월등히 능숙했다.

그런 그들의 실력에 응답하기 위해 스테파니의 지원회복도 더욱 날카로워졌다. 스테파니도 츠토무가 4주째 지도를 하지 않을 정도의 속도로 성장했기 때문에, 현재 상태로는 츠토무 다음가는 힐러가 되어 있었다.

비트만과 노란도 혹독한 지도 속에는 존재하지 않았던 지원회복을 마음 든든하게 느끼고, 점점 앞으로 나선다. 힐러가 날리는 프로젝트는 체력을 높여 통증을 줄이고, 힐은 상처를 회복하며 메딕은 피로를 경감시켜준다. 지원회복이 있고 없고에 탱커도 몬스터와 상대할 때의 마음가짐이 완전히 다르다.

"이건 굉장한걸. 굉장히 도움이 돼!"

"이쪽이야말로 두 분의 전위가 안정되어 주는 덕분에 큰 도움이 되어요. 전혀 몬스터에게 노려지질 않는걸요."

"아아, 그것은 가름에게 철저하게 배웠으니까 말이지……. 목숨과 바꿔서라도 힐러가 타깃이 되지 않도록 하라고 말이야."

"감사드려요. 덕분에 지원회복에 집중할 수 있어요."

"아니, 이쪽이야말로 고맙다. 이렇게 편해질 줄은 솔직히 생각도 못 했다."

지옥 같은 4주를 경험하고 왔던 탱커들에게는, 적절한 지원회복을 해 주는 스테파니는 완전히 여신 같은 존재였다. 지원회복이 있으면 몬스터를 유인하는 역할에도 한층 더 힘쓸 수 있다.

"루크 씨와 소바 씨도, 잘 맞춰 주셔서 감사해요. 그 정도로 몬스터를 공격해 주시면 탱커 여러분들이 어그로를 잡기 쉬워요."

"어? 아, 응. 고마워."

"흥…….."

웃는 얼굴로 감사를 들은 루크는 쑥스러운 듯이 머리를 긁적이고, 스테파니의 소꿉친구인 소바는 신경 쓰지 않는 듯이 콧소리를 냈다. 그렇게 알도렛 크로우의 1군 파티는 좋은 분위기를 유지한 채로 파티 합동 연습을 이어갔다.

그리고 며칠 동안의 파티 합동 연습으로 협곡층도 어려움 없이 돌파해낸 알도렛 크로우의 1군 파티는 한 번 시험 삼아 60층에 도전해보기로 했다.

"처음 몇 번은 화룡에 익숙해지기만 해도 돼. 느긋하게 가자."

"예. 감사합니다."

화룡에 도전한 경험이 풍부한 딜러인 루크는 처음 도전하는 비트만에게 그런 말을 보냈다. 천진난만한 어린아이 같은 생김새를 한 루크에게 말을 들은 비트만은 긴장한 얼굴로 대답했다.

알도렛 크로우의 에이스인 소바는 여전히 탱커가 파티에 있는 것에 의문을 느끼고 있는지 반신반의하는 기색이다.

그리고 스테파니는 사무직원이 준비했던 포션의 상태를 보고 있었다.

'느긋하게, 라고 말한 것치고는 고가의 포션이네요.'

스테파니는 병 바닥을 들여다보고 포션의 농도를 확인했는데, 녹색 포션과 파란 포션이 모두 질이 좋다. 특히 파란 포션은 내부의 희미한 빛을 봐서, 아마도 유명한 숲속 약국의 물건일 것이다.

그 밖에도 알도렛 크로우에 소속된 대장장이 장인이 화룡과 싸울 것을 예상하고 만든 장비도, 오늘에 맞춰 새롭게 준비했다. 그 풍부한 비품과 확실한 장비 뒤로 보이는 기대에, 루크가 말을 걸었던 탱커도 다시 기합을 넣었다.

"열심히 하자."

"예. 반드시 돌파하겠어요."

"뭐라고 할까, 정말로 든든해졌구나, 스테파니는."

"그런가요?"

"한 달 전에는…… 아니, 아무것도 아니야."

그 화려한 외모와는 반대로 겁먹은 태도로 인사했던 스테파니. 그런 모습은 더는 찾아볼 수가 없고, 당당하게 지휘대에 선 지휘자 같았다.

노란이 하려고 했던 말을 스테파니가 되물으려고 했지만, 슬슬 출발 시간이 되었다. 그리고 알도렛 크로우의 1군 파티는 철저히 장비를 갖추고 59층에서 60층으로 향했다.

▷ ▷

길드 안에 있는 2번대에 60층으로 발을 들인 알도렛 크로우의 모습이 나왔다.

"시작하는군."

"그렇네요."

가름이 중얼거린 소리에 츠토무는 그렇게 답하며, 신대에 나온 알도렛 크로우의 화룡전을 지켜봤다. 길드 안에서도 알도렛 크로우가 화룡에 도전한다는 소리에 동업자들이 그 모습을 지켜보고 있었다.

"알도렛 크로우네~."

"흑마단을 보는 편이 좋으려나."

하지만 알도렛 크로우의 평판은 대형 클랜 중에서도 그다지 좋지 못하다. 쉘 크랩 이후에는 특히 눈에 띄는 일도 없어, 상위 신대에는 나오기는 하지만 그저 자금을 모으기 위해 와이번을 사냥하는 모습밖에 요새는 보여주지 않았다. 다른 대형 클랜과 비교하면 그다지 적극적으로 화룡에 도전하지도 않았기 때문에, 관중과 동업자들의 인상은 희미했다.

게다가 알도렛 크로우에는 유니크 스킬을 보유한 탐색자가 한 명도 없다. 금색의 선율에는 금색의 가호(골드 블레스)를 지닌 레온. 흑마단은 암불사조의 영혼(다크 피닉스 소울)을 지닌 바이스가 클랜 리더를 맡고 있으면서, 파티 멤버를 이끌어가는 에이스 같은 존재다. 하지만 알도렛 크로우에는 누구나가 에이스라고 부를 만한 딜러가 존재하지 않는다.

그렇기 때문에 알도렛 크로우는 관중으로부터 수수하다는 인상을 받고 있고, 더욱이 던전 탐색의 모습도 이익 중시의 와이번 사냥 중시였기 때문에 미궁 마니아 이외의 평가는 그다지 좋지 못하다.

알도렛 크로우에 그다지 기대하지 않는 듯한 기색의 관중을 무시하고, 츠토무는 팔짱을 끼고 있는 가름에게 물었다.

"탱커 두 사람은 어때요?"

"그 사람들은 나보다 훨씬 경험이 풍부하다. 바깥의 던전을 몇 개나 제패한 것은 허울이 아니지. 듣기에는 용종을 상대했던 적도 있다는 모양이더군."

"그렇군요."

"스킬과 스테이터스에 대한 이해도는 지금까지의 지도로 깊어졌을 것이다. 전투 기술에 관해서는 나보다도 훨씬 능숙하지. 목숨을 건 실전도 경험했다. 그러니 바로 당하거나 하는 일은 없을 것이다."

상당한 능변으로 탱커에 대해 말하는 가름을 보고, 츠토무는 미소를 지을 듯 말 듯한 표정으로 경청했다. 그러자 가름은 신대에서 눈을 떼고 츠토무를 마주 바라봤다.

"그쪽은 어떻지?"

"잘할 거예요, 저 상태라면."

화룡의 포효를 받고도 금방 주변에 말을 걸고 브레스 대책용 불옷을 뒤집어쓰는 스테파니를 보고, 츠토무는 안심한 것처럼 말했다. 그러자 가름도 고개를 끄덕이고 신대로 시선을 되돌렸다.

알도렛 크로우의 스타트는 매우 좋다고 할 수 있을 것이다. 초행자 킬러인 포효를 견뎌내고, 화룡의 공중제어를 담당하는 이마의 보석도 깨는 데 성공했다.

"소환—— 데미 리치."

크로우의 클랜 리더인 루크의 직업은 소환사다. 마석을 촉매로 몬스터를 소환할 수 있는 스킬을 보유해, 현재 신의 던전에서 확인된 모든 종류의 몬스터를 사역할 수가 있다.

그리고 루크는 황야층에서 가장 강한 몬스터인 데미 리치를 소환했다. 그 소환하는 몬스터가 강한 만큼 많은 마석을 촉매로 삼기 때문에 지갑에는 조금 혹독한 직업이기는 하다.

"오오. 저 쪼잔한 루크가 데미 리치까지 소환했어."

"이번에는 상당히 진심인 건가?"

평소에는 절약만 해서 쪼잔한 클랜 리더로 유명한 루크였지만, 이번에는 사치스럽게 마석을 소비하고 있다. 그래서 관중들은 가볍게 놀라고 있었다.

그리고 복수의 무기를 다룰 수 있는 검사라는 직업인 소바도, 롱 스워드를 들고 화룡에게 달려든다. 그는 유니크 스킬 보유자에게는 뒤떨어지지만, 알도렛 크로우 중에서는 으뜸가는 딜러다.

하지만 화룡의 어그로를 끌어 공격당하고 있는 탱커를 보는 소바의 표정은 눈에 띄게 흐려져 있었다. 아마 아직도 딜러 직종을 제쳐놓고 탱커 두 사람이 1군에 들어온 것이 불만일 것이다.

그런 시선을 받고 있는 탱커 두 사람은 지금까지는 화룡의 어그로를 끌고 있다. 스테파니도 전원에게 지원 스킬을 보내고, 탱커에게 정기적으로 회복 스킬을 날리고 있다.

신대에서 보기로는 알도렛 크로우의 파티도 츠토무 일행과 마찬가지로 행동하고 있다. 오히려 인원수가 많은 만큼 더욱 안정감이 있는 것처럼 보였다. 가름도 연신 고개를 끄덕이며 탱커 두 사람을 보고 있다.

"상당히 괜찮지 않나?"

"예. 하지만 슬슬 한 번 무너질 거예요."

"음? 어째서지?"

"슬슬 딜러가 화룡에게 노려질 테니까요. 그걸로 불평을 하지 않으려나요."

그렇게 츠토무가 말하자마자 하룽이 등 뒤로 돌아봤다. 그리고 딜러인 소바에게 타오르는 브레스를 쏜다.

소바는 그 공격을 예상했었는지 여유롭게 붉은 실로 만든 불옷으로 그 브레스를 막았지만, 갑자기 고함을 터트렸다.

"어이! 화룡의 주의를 끄는 게 탱커의 역할 아니었냐! 못 써먹겠네!"

"거봐요."

"…………."

츠토무가 웃음을 띠며 한 말에 가름은 언짢은 얼굴로 신대를 봤다. 소바의 발언이 마음에 들지 않았는지, 뒤쪽의 꼬리로 바닥을 탁탁 때리고 있다.

"뭐, 지금까지 4딜러 파티 구성으로 해왔으니까요. 게다가 소바는 알도렛 크로우 중에서도 정상이었으니까요. 뭔가 저지를 거라 예상했어요. 대의명분은 딜러의 복권이려나요?"

"바보 같으니. 동료끼리 내분을 일으키고 이길 수 있는 상대가 아니라는 것은, 저 남자도 알고 있을 텐데."

"하지만 처음에는 그럴 수밖에 없죠. 실제로 탱커가 파티에 들어오게 됨으로써, 딜러의 자리가 줄어드니까요. 자기 자리를 지키고 싶은 것도 조금은 이해가 돼요."

츠토무는 그런 소리를 하며 어그로가 넘어가 상황이 혼란스러워지기 시작한 알도렛 크로우 파티를 봤다. 하지만 일부러 공격을 격하게 하고 있을 소바를 보는 눈은 의외로 상냥했다.

「라이브 던전!」에서는 몇 개월에 한 번 업데이트가 있어, 운영 측이 전체의 밸런스를 보고 직업의 성능과 몬스터의 능력을 조정한다. 그 결과 스킬이 강화 혹은 약체화되어, 지금까지 우대받던 직업이 실각하는 일이 빈번하게 있었다.

그리고 지금까지 통했던 전법이 통하지 않게 되거나, 자신과 경합하는 직업이 강화되면 운영자에게 욕설의 폭풍이 날아든다. 츠토무가 보기에 소바는 약체화를 당해서 한탄하는 플레이어로밖에 보이지 않았다.

게다가 「라이브 던전!」이라면 직업만 바꾸면 되지만, 이 세계에서는 직업을 바꿀 수 없다. 그렇기 때문에 갑자기 탱커가 대두되기 시작했다는 것은 딜러에게는 기분 상하는 일일 것이다.

그리고 화룡의 어그로가 탱커에 집중되지 않으면서 상황은 혼란의 도가니가 되었다. 소바는 항상 하던 것처럼 화룡에게 달려들고, 루크도 한숨을 쉬며 데미 리치를 조종해 우선적으로 엄호하기 시작했다.

"소바! 공격이 과해요!"

"시끄러워! 나한테 지시하지 마, 스테파니 주제에!"

어렸을 적부터 늘 소바의 곁에 있었던 스테파니가 지시를 날리지만, 그것을 무시하고 화룡에게 덤벼든다. 소바는 스테파니가 밀면 물러나는 것을 알고 있는 만큼 말투도 거칠다.

그리고 지시를 듣지 않는 딜러 소바 때문에 3종 역할은 기능하지 못하게 된다. 탱커 두 사람도 스킬을 구사해 어그로를 끌려고 하지만, 아무래도 화룡 자체가 처음인지라 어딘가 주눅이 든 면도 있어 잘 되지 않았다.

"큭, 견구 이렇게 되나!"

루크도 멈추지 않는 소바에게 어쩔 수 없이 소환한 몬스터를 보내 어떻게든 엄호를 시도했다. 하지만 딜러 넷으로도 알도렛 크로우는 화룡을 해치우지 못했기 때문에 당연히 두 사람으로는 말이 되지 않는다. 그 뒤에 루크가 소환한 데미 리치는 짓밟혀 뭉개지고, 어그로를 끌어 화룡에게 타깃이 된 소바는 점차 체력의 한계가 보이기 시작했다.

더욱이 소바에게 부여되어 있던 헤이스트도 끊겨, 신체를 두르고 있던 푸른색 기도 흩어졌다.

"어이! 스테파니! 뭘 하는 거야! 지원 보내! 그리고 회복도!"

화룡을 홀로 상대하며 대활극을 펼치고 있던 소바도, 그것을 끝없이 되풀이할 수 있는 것은 아니다. 언젠가는 체력이 다하기 시작해 움직임은 둔해지고, 계속해서 주어지던 헤이스트도 없어지면 힘들어진다. 따라서 소바는 스테파니에게 지원회복을 요청하기 위해 소리쳤다.

하지만 그런 소바의 모습을 보는 스테파니의 눈은, 음식물 쓰레기에 달려드는 벌레라도 보는 것만 같았다.

"필요 없어요."

"뭐……?"

"지시를 안 따르는 당신은 필요 없어요. 한 번 머리를 식히세요."

항상 자기 뒤에 숨는, 초식동물처럼 겁이 많은 스테파니. 그런 그녀에게 차가운 시선을 받은 소바는, 사고가 정지된 것 같은 표정을 지었다. 그리고 다음 순간에는 그림자가 드리워, 그는 화룡의 앞발에 짓밟혔다.

"비트만. 어그로를 끌어 주세요."

"알겠다."

"루크 씨와 노란 씨는 그 보조를 부탁드려요."

나이는 위지만 탐색자로는 동기인 탱커 비트만에게 지시를 내리고, 굳어 있는 두 사람에게도 스테파니는 말을 걸었다. 소바에게 차가운 대응을 한 스테파니를 본 두 사람은, 바로 컴뱃 크라이를 날리는 비트만의 호위에 들어갔다.

하지만 탱커 두 사람도 화룡전은 처음인지라, 역시 능숙하게 어그로를 끌 수가 없었다. 거대한 상대의 강렬한 공격을 처리해야 하기 때문에 몸도 굳어 있다.

그리고 비트만은 한 번 화룡의 어그로를 끌기는 했지만, 정통으로 브레스를 맞고 타죽어 버리고 말았다. 그러자 스테파니는 바로 또 한 명의 탱커인 노란에게 화룡의 어그로를 끌도록 지시를 내리고, 자신은 지원회복을 하며 떨어져 있는 비트만의 장비를 모았다.

"레이즈."

그리고 사망하고 3분 이내의 파티 멤버를 소생시키는 스킬인 레이즈를 사용해 스테파니는 죽은 비트만을 전선에 복귀시켰다. 황갈색 옷을 입은 비트만에게 모은 장비를 넘겨주고 스테파니는 화롱의 상태를 살폈다. 화룡은 레이즈를 사용한 스테파니가 아니라 탱커인 노란에게 집중한 기색이었다.

한 달 동안 가름에게 탱커의 기술을 배운 덕분인지, 노란도 충분한 어그로를 끌 수 있는가 하는 부분은 문제없어 보였다. 스테파니는 소바의 소생 가능 시간인 3분이 아슬아슬하게 지나기 직전에 그를 레이즈로 소생시켰다.

황갈색 옷을 입고 소생된 소바는 몸을 일으키고 주위를 둘러본 뒤, 스테파니를 올려보자마자 덤벼들었다.

"너 임마! 무슨 짓을 한 거야?!"

"주변을 보세요."

"뭐, 뭐야, 너."

"주변을 보세요."

지금까지 본 적이 없는 스테파니의 싸늘한 시선에 소바는 기가 죽고, 그 말에 따라 주변을 둘러봤다. 그곳에는 지금도 화룡을 상대로 숨을 헐떡이며 싸우고 있는 탱커와 소환수를 구사해 싸우고 있는 루크가 있었다.

"소바. 머리는 식었나요? 이 상황에서 다투고 있을 때가 아니에요. 화룡 공략을 위해 최선을 다해 주세요."

"…………"

지금도 화룡을 상대로 싸우고 있는 탱커와 자신이 빠진 자리를 채우려 하고 있는 루크. 그리고 지금까지 본 적이 없는 스테파니의 분위기에 삼켜진 소바는 말없이 검을 손에 들었다.

"헤이스트, 줘."

"헤이스트."

"쳇……."

바로 헤이스트를 날려온 스테파니에게 혀를 찬 소바는 검을 들고 전선으로 복귀했다.

"힘들겠군……."

그 뒤의 전투는 화룡에 익숙하지 않은 탱커 두 사람이 번갈아 죽는 광경이 한동안 이어졌다. 역시 처음 상대하는 상대, 그것도 용종이 상대라면 죽지 않고 움직이는 것만으로도 힘들다. 게다가 스테파니도 츠토무와 비교하면 아직 부족해서 탱커에게 완벽한 지원을 하지도 못했다.

딜러인 소바도 탱커를 방해하지 않게 되었지만, 그래도 상황은 좋지 못하다. 탱커 두 사람은 쉽사리 안정되지 못하고 자주 죽었다. 스테파니도 그런 세 사람에게 필사적으로 지원회복과 소생을 되풀이하고 있다.

그리고 탱커를 맡고 있던 노란과 딜러인 루크와 소바가 화룡의 브레스에 휘말려 사망. 한 번에 세 사람이 죽고 만 상황을 보고 관중들에게서 아쉬워하는 한숨이 흘러나왔다.

"하아. 무난하게 지겠는데 이건."

"5인 파티로도 안 되는 건가. 역시 광견이나 에이미가 아니면 저건 무리였어."

"뭐, 처음에는 어쩔 수 없지 않겠어? 어느 정도 가닥은 잡혔다 싶은데."

각자의 감상을 주고받는 탐색자들을 보고 가름은 가볍게 혀를 찼다.

"진짜 저 둘은 뭘 하는 거지. 평소의 실력이라면 나보다도 잘 움직일 수 있을 텐데. 저래서는 힐러도 괴롭겠지."

"아니, 그게 그렇지도 않아요."

탱커에 대해 대단히 혹독한 평가를 내리는 가름의 말에, 츠토무는 신대에 나오는 스테파니를 보며 대답했다.

"저런 혼란스러운 전투도 힐러에게는 상당히 재미가 있어요."

"그런 것인가?"

"확실히 레이즈를 사용해 소생하는 것은 힐러에게는 그다지 바람직하지 않은 일이에요. 애초에 탱커를 죽게 하는 시점에 힐러의 행동이나, 파티 그 자체에 문제가 있어요. 하지만 무너진 상황을 복구하는 것도 힐러의 역할이니까요. 게다가 가장 실력을 보이기 쉬워요."

신대에 나오는 스테파니의 표정은 그 힘든 전황과는 대조적으로 밝다. 루크와 소바, 탱커 한 명이 동시에 죽어버린 상황. 살아남아 있는 비트만의 표정은 어둡고, 신대를 보고 있는 관중들도 끝났다는 듯한 분위기를 자아내고 있다. 하지만 스테파니의 표정만은 죽지 않았다.

"비트만! 여기서 당신이 쓰러지면 전멸이에요! 어떻게든 혼자서 견뎌내 주세요! 저는 소생에 들어가겠어요!"

"알았다!"

스테파니의 말에 비트만은 마지막 힘을 쥐어짜듯이 답하고 화룡을 전력으로 유도한다. 비트만의 생존능력은 가름보다도 높고,

화룡에 익숙해지기 시작한 영향으로 어그로도 점점 능숙하게 끌수 있게 되었다.

게다가 스테파니는 지금까지 소생 특화 힐러를 해왔던 만큼, 레이즈에 의해 발생하는 어그로를 잘 알고 있다. 우선은 전황을 안정시키기 위해 죽어버린 다른 한 명의 탱커를 소생시켰다.

"노란 씨! 비트만의 지원을!"

"알았어! 금방 갈게!"

노란은 소생되고 바로 장비를 회수해 비트만을 지원하러 갔다. 레이즈를 사용해서 많은 어그로 수치를 벌었지만, 화룡은 비트만에게서 눈을 떼지 않는다.

그리고 루크와 소바가 죽은 시간도 파악하고 있던 스테파니는, 탱커 두 사람에게 지원회복을 하며 때를 기다렸다. 3분이 지나기 몇 초 전에 레이즈를 사용해 두 사람을 소생시켰다.

그 2분 정도의 시간 동안 비트만이 더욱 어그로를 끌어, 화룡이 스테파니 쪽을 돌아보지 않게 한다. 그리고 60층에서 되살아난 루크와 소바는 놀랐는지 눈을 깜빡거리고 있었다.

"응······?"

"두 분 모두! 멍하니 있을 틈은 없어요! 장비는 모아두었어요! 바로 전선에 복귀해 주세요!"

"아, 예!"

세 사람 동시에 죽어버린 시점에 소생은 받을 수 없다고 생각했던 루크는, 스테파니의 절박한 목소리를 듣고 벌떡 일어났다. 소바도 말없이 장비를 회수하기 시작했다.

"어라? 저 백마도사, 레이즈를 썼는데 노려지지를 않네."

"굉장하지 않아? 좀 전부터 저 녀석, 몇 번이나 파티 멤버를 되살리고 있다고."

"뭔가 아군 회복도 하고 있는 모양이고 말이야……."

절망적인 상황에 빠졌던 파티를 복구한 스테파니를 보고 관중들은 그녀에게도 주목을 하기 시작했다. 지금까지 본 적이 없는 백마도사의 이해하기 쉬운 활약에, 미궁 마니아가 아닌 사람들도 흥분하고 있었다.

그리고 시간이 지날수록 스테파니의 지원회복과 소생이 더욱 능숙해지고, 탱커 두 사람도 화룡을 상대하는 것에 익숙해지기 시작했다. 딜러 두 사람도 든든한 세 사람과 호응하듯이 더욱 빠른 움직임으로 화룡을 몰아쳤다.

그리고 그 뒤로 몇 시간 정도 이어진 긴 전투 끝에 알도렛 크로우의 1군 파티는 화룡을 해치웠다. 처음의 너덜너덜했던 모습에서는 생각도 못 했던 화룡 돌파에 길드에서 신대를 보고 있던 관중들은 들끓고 있었다.

"우와, 쩌는데! 설마 돌파할 줄이야!"

"강하군. 저 두 사람, 난 처음 보는데 누구지?"

"아니 아니지, 저 여자 쪽이 엄청나잖아?! 뭐야 저거?!"

탐색자를 중심으로 화룡을 돌파한 알도렛 크로우의 화제가 끊이지 않아, 길드 안은 엄청나게 소란스러워졌다. 검은 문의 문지기를 서는 단단한 인상의 길드 직원이 중심이 되어 너무 소란을 떠는 이들에게 주의를 주고 있다.

가름도 떠들썩한 주변을 둘러보고 개 귀를 막고 있지만, 그 얼굴은 그다지 불쾌해 보이지 않는다. 역시 자신 이외에도 탱커를 도입한 파티가 화룡 토벌에 성공한 것이 기쁜 모양이다.

"지긴 기분 좋을 기에요, 스테피니 끼는. 몇십 번이나 소생하고 돌파까지 성공했으니까 흠잡을 곳이 없어요."

루크가 소환한 골렘들이 헹가래를 쳐주는 스테파니를 보고, 츠토무는 제자의 하산을 축하해 주듯이 밝은 목소리로 축복했다.

제자의 성과

3종 역할을 도입한 알도렛 크로우가 화룡을 돌파한 것은 다음 날 신문에서도 1면에 실렸다. 유니크 스킬을 보유한 금색의 선율보다 먼저 60층을 돌파하리라고 예상했던 사람은 거의 없어서, 수수한 인상에서 반전한 알도렛 크로우의 화제가 끊이지 않았다.

그리고 새롭게 나타난 탱커라는 역할과 지금까지와는 다른 힐러의 움직임도 주목을 모았다. 특히 힐러인 스테파니는 던전에 대해 잘 모르는 사람이 보더라도 알 수 있을 정도로 활약했기 때문에 대대적으로 다루어졌다.

츠토무는 우수한 탱커인 가름에 어그로를 고려하는 딜러인 카미유와 에이미를 파티에 넣고, 자신도 완벽한 지원회복을 해 파티 멤버를 한 명도 죽게 하지 않았다. 그것에 비하면 알도렛 크로우의 멤버는 미숙해서 화룡을 상대로 수십 번은 사망했었다.

하지만 그렇기에 스테파니의 소생을 이용한 활약은 관중이 봐도 매우 눈에 띄었다. 절벽 끝에서 파티를 재건해 역전극 같은 형태로 승리를 손에 넣었다.

알도렛 크로우가 60층에서 길드로 돌아왔을 때 터져 나온 환성은, 흑마단이 처음으로 화룡을 토벌했을 때와 차이가 없을 정도로 엄청났다. 그리고 가장 활약이 알기 쉬웠던 스테파니에게는 여러 사람이 말을 걸었지만, 그녀는 그것들을 전부 무시하고 관중의 인파에서 빠져나왔다.

"츠토무 님! 츠토무 님 계신가요?!"

"부르고 있다만?"

"예. 그래도 지금 나가는 건 좀 무서울 거 같은데요."

화룡 돌파의 MVP인 스테파니와 조금이라도 대화를 나누고 싶은 사람은 잔뜩 있을 것이고, 백마도사들도 선망의 눈빛으로 그녀를 보고 있다. 그런 중에 어슬렁어슬렁 나서면 그렇다 싶었기에 츠토무는 우선 길드 안쪽으로 틀어박혔다.

그 뒤로도 스테파니는 츠토무를 찾았지만 발견되지 않았기에 어쩔 수 없다는 기색으로 말을 걸어오는 관중들의 대응을 했다. 그리고 누가 봐도 알기 쉬운 극적인 활약은 열광한 관중이나 신문을 통해 금방 확산되었다.

화룡전 다음 날에는 스테파니의 스폰서가 되기를 희망하는 사람도 많이 나타나, 그녀의 평가는 하루 만에 폭발적으로 올라갔다. 그리고 화룡을 유인했던 탱커에게도 정당한 평가가 내려져, 경사스럽게도 개인에게 스폰서가 붙게 되었다.

알도렛 크로우의 1군 파티는 그 뒤로 며칠 동안은 신문사의 인터뷰나 스폰서와의 계약 대응에 쫓겼다. 그 와중에 스테파니는 츠토무와 만나기 위해 매일 길드에 찾아왔지만, 츠토무는 알도렛 크로우의 활약 덕분에 유입되기 시작한 신규 탐색자의 대응에 쫓기고 있었다.

역시 극적인 활약을 보인 백마도사인 스테파니와 지금까지 푸대접을 받았던 기사 직종들의 활약은 상당한 영향력이 있었다. 길드 카운터에는 딜러 직종 이외의 신규가 계속해서 모여들어 왁자지껄 북새통이 되었다. 그래서 츠토무는 한동안 스테파니와 만나지 못하고 일을 하게 되었다.

일단 사전에 대책을 세워두었던 덕분에 대응 자체는 그렇게까지 나쁘지 않았다. 그리고 신규 탐색자들에 대한 대응도 진정되기 시작했을 무렵에, 츠토무는 마침내 스테파니와 직접 만나게 되었다.

"화룡 돌파 축하해요."

"감사드려요! 츠토무 님 덕분이에요!"

길드 직원의 제복을 입은 츠토무를 발견한 스테파니는, 마치 주인을 발견한 개처럼 달려들었다. 그것을 츠토무가 옆으로 피하자, 스테파니는 안기려는 자세 그대로 철퍼덕 바닥에 떨어졌다.

"어째서 피하시는 건가요?!"

"진정해요. 무서우니까."

"애초에 어째서 최근 이틀간, 만나주지를 않았던 건가요?! 면회 거부라니 너무해요!"

"스테파니는 그것 이외에도 여러모로 대응할 일이 있었잖아요. 게다가 이쪽도 해두고 싶은 일이 있었고요."

바닥에 엎어져 빨개진 이마를 누르는 스테파니를 보고, 츠토무는 조금 물러나며 대답했다. 스테파니가 최근 이틀 동안 사냥개처럼 츠토무를 찾아다녔던 모습을 봤기 때문에, 그 눈에는 약간 공포가 섞여 있었다.

하지만 츠토무도 신규 탐색자 대응 때문에 그렇게까지 비어 있는 시간이 없었기 때문에, 스테파니와는 만나지 않고 길드 직원으로서 이 인을 했었다. 따라서 절대로 도망가셨던 것은 아니다.

"뭐, 다시금 축하드려요. 힐러는 재미있었나요?"

"물론이에요! 엄청났어요! 즐거웠어요!"

"그건 다행이네요. 그러면 앞으로도 열심히 해 줘요."

"예. 이 뒤에 뭔가 예정이 있으신가요? 괜찮으시다면 어딘가에서 차분한 곳에서 화룡전에 대해 이야기를 나누고 싶어요!"

반짝반짝 눈을 빛내며 다가오는 스테파니에게 츠토무는 어색하게 시선을 피했다.

"아, 미안해요. 지금은 신규 탐색자의 대응에 쫓기고 있으니까, 다음에 기회가 되면 그렇게 해요……."

"다음인가요. 그럼 며칠 뒤에 할까요? 일주일 정도 기간을 두면 괜찮을까요?"

"뭐, 그렇게 해 주면 감사하려나요."

"알겠어요. 그럼 일주일 뒤에 가게를 예약해 두겠어요! 그럼 수고하세요!"

단단히 약속을 잡히고 만 츠토무는, 손을 흔들며 달려간 스테파니를 건조한 웃음으로 배웅했다.

그 뒤로 며칠은 신규 탐색자 대응을 했는데, 그사이 금색의 선율도 3종 역할을 도입한 파티로 화룡에 도전할 것을 발표했다.

▷ ▷

"⋯⋯⋯⋯."

"괘, 괜찮아? 유니스."

"문제없어요. 잠시 집중하고 있었을 뿐이에요."

평소라면 레온이 말을 건 것만으로 좋아 죽는 유니스. 하지만 지금은 아무튼 힐러를 잘하는 것에만 집중하고 있는지, 레온이 말을 걸어도 표정이 변하지 않았다.

츠토무의 4주에 걸친 지도를 마치고 난 뒤의 유니스는, 레온이 보기에는 상당히 변해 있었다. 처음의 2주 정도는 차이가 없었지만 3주째부터는 확연하게 달라졌다. 특히 1군에서 빠져 신대에서 레온을 보고 싶다고 말했을 때는 클랜 멤버들도 술렁거렸다.

그리고 유니스는 츠토무에게 지적받았던 레온의 허세를 신대에서 보고 본인도 인식했다. 그 뒤로는 던전 탐색을 해도 유니스는 그다지 레온에게 들러붙지 않게 되었다. 그것보다도 효율적인 힐러의 행동을 하게 되어, 레온으로서는 기쁨 반 쓸쓸함 반 정도의 기분이 들었다.

"좋아요, 가도록 해요. 레온도 빨리 들어가요."

"그, 그래."

그런 유니스는 화룡전에 있어서도 사전에 탱커와 딜러를 모아, 알도렛 크로우 같은 문제가 발생하지 않도록 단단히 정신교육을 했다. 화룡을 돌파하는 것은 레온에게 좋은 일이라고 동생인 유니스가 말하면, 클랜 멤버는 단결하게 된다.

그리고 금색의 선율도 3종 역할을 도입한 파티로 화룡에 도전했다.

"컴뱃 크라이."

"헤이스트."

금색의 선율의 화룡전은 예상외로 단련되어 있던 탱커와 놓는 헤이스트와 쏘는 헤이스트로 지원받은 딜러 레온이 활약했다. 유니스는 레온에게 지원을 할 수 있게 되었는지 그럴듯한 모양이 나왔다.

민첩이 좋은 레온에게 놓는 스킬을 맞추는 것은 스킬 조작이 뛰어나지 않으면 어렵다. 하지만 유니스는 스킬 조작에 관해서는 츠토무와 동등할 정도로 능숙하고 레온에 대해서도 잘 이해하고 있다. 그리고 힐러로서 최저한의 행동도 할 수 있게 되었기 때문에 화룡전에서는 상당히 공헌할 수 있을 것이다.

게다가 금색의 선율은 츠토무가 나오기 전까지는 흑마단 다음으로 화룡을 돌파할 클랜이라는 소리를 들었다. 그럴 정도로 딜러의 숙련도와 레온의 힘이 크고, 거기에 더해 제대로 된 탱커와 힐러가 추가된 덕분에 화룡전은 상당히 안정된 스타트를 보였다.

"메딕."

더욱이 레온이 허세를 부려 피로를 보이지 않는 것에 대해서도, 유니스는 츠토무의 지적을 받고 자신의 눈으로 확인했다. 따라서 레온이 숨을 헐떡이지 않더라도 피로를 치유하는 메딕을 보냈다. 놓는 헤이스트에 더해 메딕이 추가되면서 레온은 평소보다도 편하게 움직일 수가 있었다.

그리고 화룡에게 탱커가 죽고 말았을 때도, 지금까지의 일회용 힐러 경험이 있어서 소생이 빨랐다. 더욱이 풀이 죽은 탱커에게도 유니스는 일종의 재능인 공주님 공간으로 격려했다.

"이제 얼마 남지 않았어요! 모두, 힘내요!"

유니스는 츠토무와 스테파니와 비교하면 힐러로서의 실력은 뒤처질 것이다. 하지만 금색의 선율 파티에 한해서는 지금의 유니스가 최선의 힐러라고 할 수 있었다.

그리고 금색의 선율도 3종 역할을 도입한 파티로 화룡을 돌파하는 데 성공했다.

"해냈어요!"

"와~ 굉장한걸."

아마도 그 덕분에 유니스는 그저 분위기를 좋게 하는 완충재에서는 한 발짝 빠져나올 수 있었을 것이다. 그 뒤에 레온의 마음을 끌어낼 수 있을지까지는 모르겠지만, 그래도 상황은 조금 개선되었을 것이다.

하지만 알도렛 크로우 쪽이 의외성이 있었고, 벌써 이것으로 화룡 돌파는 네 팀이 되었다. 따라서 관중들에게서 칭송의 목소리가 들려오기는 하지만, 그렇게까지 열광하는 일은 없었다. 금색의 선율의 파티 멤버들도 기뻐하기는 했지만, 돌파하는 것이 당연하다는 마음은 있었다.

하지만 한 명, 기고만장한 얼굴로 길드를 뛰어다니는 소녀가 있었다.

"츠토무우우우!! 츠토무는 어디 있나요오오오오?!"

"부르는데……?"

"좀 봐줘요……."

화룡을 돌파하고 60층에서 돌아온 유니스는 핏발이 선 눈으로 츠토무를 찾아다녔다. 마침 신규 탐색자의 정보를 정리하는 등의 사무작업을 하고 있던 츠토무는, 옆에서 말을 걸어온 에이미에게 그렇게 답했다.

결국 츠토무는 스테파니 때와 마찬가지로 길드 안에 틀어박혀 사무작업을 진행하고, 면회 거부로 그날을 넘기려 했다. 하지만 유니스는 밤이 되어도 길드 입구에서 잠복하고 있었다.

그리고 츠토무가 길드의 일을 마치고 가름과 함께 기숙사로 돌아가려 하자, 졸린 눈을 비비고 있던 유니스는 경보기 같은 큰소리를 질렀다.

"앗~!! 있었잖아요!"

"언제까지 기다리는 거야……."

"네가 모습을 보이지 않으니까, 잠복했을 뿐이에요! 그래서 뭔가 나에게 할 말이 있지 않나요? 으응? 말해 봐요!"

"화룡 돌파 축하해. 그럼 잘 가."

"예? 기다려요! 이렇게까지 사람을 기다리게 해놓고, 한마디로 끝날 리가 없어요! 광견도 그렇게 생각하죠?"

"나한테 말해 봐야……."

빽빽 아우성치며 눈길을 끄는 유니스가 말을 걸어서, 가름은 난처하다는 듯이 개 귀를 세웠다. 하지만 결국 그날은 따라오는 유니스를 무시하고 길드 기숙사로 가서, 울먹이는 유니스를 놔두고 방으로 돌아갔다.

"조금, 불쌍하지 않나?"

"괜찮아요. 저건."

터벅터벅 걸어가는 유니스를 창문에서 내려다보고 있는 가름에게, 츠토무는 척척 제복을 개며 중얼거렸다.

"하지만 이걸로 내일부터는 더욱 힘들어지겠네요."

금색의 선율에서도 화룡을 돌파하게 되면서 신규와 복귀 탐색자자는 더욱 늘어날 것이다. 츠토무는 징그러워하며 집안일을 마치고 가름에게 한마디 남긴 뒤에 자기 방으로 돌아갔다.

"…………."

최근에 츠토무는 저녁을 일찌감치 마치고 자기 방에서 무언가 작업을 하는 일이 많았다. 가름은 조금 쓸쓸한 듯이 꼬리를 축 늘어트리며 과자빵을 베어 물었다.

그리고 딱 한 번 가름은 문틈으로 츠토무가 방에서 무엇을 하는지, 부자연스럽지 않게 걸으며 들여다보았다. 그 틈에서 살핀 츠토무는, 무언가를 종이에 숫자를 쓰며 무엇인지 계산하고 있는 모양이었다. 그리고 그 종이에는 클랜이라는 문자와 권유라는 문자가 얼핏 보였다.

'돈으로 클랜에 사람을 영입할 작정인가? 대체 누구일까…….흑마단인가? 알도렛 크로우인가?'

가름은 그런 것을 생각했지만 직접 츠토무에게 물을 수도 없어, 그 용지를 들여다보고 난 뒤로는 내심 안달복달하는 마음으로 지내고 있었다.

칭찬받아 성장하는 타입

그 뒤로 일주일 동안 츠토무는 계속해서 몰려드는 신규 탐색자와 3종 역할을 알고 싶어하는 탐색자의 대응에 쫓겼다. 3종 역할을 위한 이해하기 쉬운 자료제작부터 실제 지도까지 가능한 츠토무는 귀한 존재라, 여러 장소로 가서 일을 했다. 하지만 신규 탐색자에게 힐러는 물론이고, 탱커와 딜러의 재미를 전하는 일 자체는 재미있게 느껴졌기 때문에 그다지 힘들지는 않았다.

츠토무가 가장 좋아하는 것은 힐러지만, 일단 딜러와 탱커도 「라이브 던전!」에서 한계 레벨까지 키운 캐릭터를 여럿 가졌을 정도로는 다뤄봤기 때문에 이해도는 깊은 편이다. 따라서 설령 딜러에 대해서라도 츠토무는 지식만이라면 가르쳐 줄 수가 있었다.

그리고 격동의 나날을 지내고 간신히 얻은 휴일 밤. 츠토무는 스테파니에게 받은 초대장을 들고 어떤 가게에 와 있었다.

'비싸 보이는데…….'

확연하게 격식이 있는 레스토랑처럼 보이는 건물에 츠토무는 내심 겁을 먹으며, 카운터에서 초대장을 넘겨주고 안으로 들어갔다. 그러자 그곳에는 항상 입는 드레스를 입은 스테파니와 다른 한 명, 마찬가지로 여자아이다운 드레스를 입은 소녀도 자리에 앉아 있었다.

"너도 있었구나."

"저와 마찬가지로 만나고 싶어 하는 것 같아서 불렀어요."

"모처럼이니까 와주었어요."

조금 멋이라도 낸 것인지 평소와는 어딘가 다른 유니스를 흘끗 본 츠토무는, 의자를 당겨준 웨이터에게 감사 인사를 한 뒤에 자리에 앉았다.

그리고 스테파니가 웨이터에게 눈길을 주자 그가 물러갔다. 웨이터는 금방 병 같은 것을 들고 와 비어 있는 글라스에 따랐다. 도수가 높아 보이는 와인 같다며 츠토무가 보고 있자, 스테파니는 글라스를 손에 들었다.

"일단은 화룡 돌파를 기념해서 건배라도 할까요. 츠토무 씨도 어때요?"

"아, 고마워요."

"건배예요."

그 생김새와는 달리 이 세계에서 술을 마실 수 있는 열다섯은 넘었는지 유니스는 단숨에 와인을 마셨다. 츠토무도 딱히 와인을 마시는 법 같은 것을 모르기 때문에, 차분한 모습으로 입을 대고 있는 스테파니를 흉내 내 마시기 시작했다.

"수고하셨어요. 츠토무 씨도 요새는 정말로 바쁘셨죠?"

"그렇네요. 화룡 효과로 신규 탐색자가 단숨에 몰려와서 일이 많았어요."

"흥, 그건 우리 덕분이에요. 감사하도록 해요."

"알드렛 크로우의 효과가 가장 컸지만 말이야……."

실제로 금색의 선율의 화룡 돌파로는 그렇게까지 떠들썩해지지 않았다. 그렇다고는 해도 유니스와 탱커들에게도 스폰서 계약 이야기가 들어올 정도로는 영향이 있었던 모양이지만, 관중의 반응은 고만고만한 정도였다.

"뭐 그래도, 금색의 선율도 잘했어. 이걸로 조금은 백마도사의 위치도 변했을 거고, 유니스 씨도 조금은 활약한 모양이니까."

"흥. 알면 됐어요. 그래 맞아요. 나도 활약했어요."

칭찬받은 유니스는 그다지 싫지 않은 표정으로 바로 두 잔째를 마셨다. 머리 위에 있는 여우 귀도 기분 좋은 듯이 쫑긋 서 있었다.

"스테파니 씨 쪽도 뭔가 굉장하지 않나요? 상당히 대대적으로 다루어지고 있잖아요."

"예 그래요. 츠토무 씨 덕분이에요."

"아니, 실제로 그 소생 3연발은 대단했어요. 그걸로 파티를 복구시켰으니까요."

"그, 그런가요. 우후후후, 그렇네요. 그때는 정말로 재미있었어요. 제가 파티의 중심인 기분이 들어서 떠올리는 것만으로도 표정이 풀어지고 말아요."

스테파니는 쑥스러운 듯이 입가를 가리고 몸을 꼬고 있다. 화룡을 돌파하고 나서 어딘가 이상한 기색의 스테파니를 보고, 츠토무는 살짝 질려 하면서도 웃는 얼굴로 얼버무렸다.

"그런데 그 딜러 아이는 괜찮은가요? 소바 군이었던가?"

"아아, 그건 괜찮아요. 소바도 반성한 모양인지 이제는 완전히 얌전해졌어요. 지금은 가벼운 근신 처분을 받았지만, 며칠 지나면 금방 돌아오겠죠."

화룡과의 전투 중에 일부러 과다한 어그로를 끌어 탱커를 탓했던 소바는 처음에 자신을 소생하지 않은 스테파니에게 격노했었다. 하지만 지금은 탱커와 잘 대화하고 확실히 반성했다고 한다.

그러자 유니스가 왠지 모르게 몸이 근질근질한 기색으로 대화에 끼어들었다.

"츠토무, 내 움직임은 어땠나요? 감상을 말하도록 해요."

"아, 미안해. 금색의 선율의 화룡은 자세히 보지 않았어."

"뭐요~?! 어째서인가요?! 똑바로 봐요!"

"알도렛 크로우가 화룡 돌파를 하고 나서는 상당히 바빴다고."

"하아. 어쩔 수 없네요. 그럼 처음부터 가르쳐 주겠어요. 잘 들어요. 우선은 내가 탱커에게 프로텍트를, 그리고 레온에게는 놓는 헤이스트로……."

그 뒤로 유니스는 요리가 나올 때까지 끊임없이 화룡전에 대해서 말하기 시작해 츠토무는 반쯤 흘려들었다. 스테파니는 조금 전에 츠토무에게 칭찬받은 것에 만족했는지 싱글거리며 유니스의 이야기를 듣고 있었다.

"그때! 내가 쓴 헤이스트가 레온의 지원시간이 아슬아슬하게 끝나기 직전에, 응, 듣고 있는 건가요?!"

"듣고 있어, 듣고 있어."

"요리보다 나를 봐요!"

요리가 나오고 나서는 완전히 그쪽으로 관심이 돌아간 츠토무를

두고 보지 못하고, 유니스가 화난 것처럼 여우 귀를 떨며 크게 소리쳤다. 다행히 오늘은 가게를 통째로 빌렸기 때문에 다른 손님은 없었지만, 만약 있었다면 틀림없이 주목받을 만한 성량이었다.

"일단은 식기 전에 먹도록 할까요."

"기다려요. 이제 얼마 안 남았어요."

"잘 먹겠습니다."

"기다리라고 했잖아요?! 내 이야기에 집중해요!"

그런 유니스의 딴죽도 무상하게 식사를 시작한 두 사람을 보고, 그녀는 토라진 것처럼 스테이크를 포크로 찔렀다.

▷▷

"츠토무는 나도 조금 더 상냥하게 대해 줘요~. 어째서 나한테만 쌀쌀맞은 건가요~."

"첫인상이라는 건 그렇게 간단히 뒤집어지지 않아."

"너무해요……. 나는 칭찬받아 성장하는 타입이에요……. 딸꾹."

식사 중에도 마치 물처럼 와인을 마셨던 유니스는, 누가 봐도 잔뜩 취해 있었다. 뒤쪽으로 보이는 커다란 꼬리도 그녀의 취기를 표현하는 것처럼 기묘한 움직임을 보이고 있다.

"그렇지! 츠토무! 우리 클랜에 들어와요! 레온도 츠토무를 마음에 들어 하니까, 내가 추천해 주겠어요!"

"억만금을 줘도 안 들어가."

"어째서인가요?!"

"나는 네가 싫고, 레온도 성격에 맞지 않아."

"스테파니, 츠토무가 괴롭혀요~, 왜 싫어요?! 이상해요!"

"너무 마셨어요, 유니스."

몸을 기대는 유니스의 머리를 쓰다듬은 스테파니는 대응이 난처한 듯이 웃는 얼굴로 츠토무를 바라봤다.

"…………."

"잠들어버린 모양이네요."

"이대로 내버려 두면 되잖아요."

"정말로 츠토무 씨는 유니스에게 엄격하네요. 뭐, 당연할지도 모르지만요."

처음에 츠토무를 대한 태도를 알고 있는 스테파니는 쓴웃음을 지으며 새근새근 고른 숨을 내쉬고 있는 유니스의 머리를 쓰다듬었다.

"츠토무 씨는 앞으로 어떡하실 건가요? 이대로 길드 직원을 계속하실 건가요?"

"어디까지나 임시 직원이니까요. 앞으로 한 달 정도 뒤에는 그만둘 테니까, 탐색자로 돌아가려나요. 저 자신이 던전 공략을 하고 싶으니까요."

신의 던전을 공략하면 원래 세계로 가는 단서를 발견할 가능성이 크고, 무엇보다 던전 탐색 자체가 츠토무에게는 최고의 오락이다. 그렇기에 츠토무는 이 뒤에 스스로 클랜을 만들 예정이었다.

"그러시군요. 그것은 다행이에요. 저도 츠토무 씨가 던전 탐색하는 모습을 이 눈으로 보고 싶으니까요. 또 보고 배우도록 할게요."

"아니 아니에요. 지금은 스테파니 씨 평가가 더 높잖아요? 저야말로 보고 배우도록 할게요."

"무슨 농담을. 츠토무 씨처럼 완벽한 지원회복을 저는 아직 할수 없어요. 하지만 기뻐요. 조금은 당신에게 다가간 기분이에요. 감사했어요. 힐러가 재미있어요."

"그것은 이쪽도 지도한 보람이 있네요. 이쪽이야말로 빠르게 결과를 낼 수 있을 정도로 성장해 주셔서 감사했어요."

츠토무가 감사에 답하자, 갑자기 스테파니는 눈물을 글썽였다. 그리고 상태를 살피듯이 말문이 막히면서도 분명히 입에 담았다.

"저기…… 조금 전에 유니스에게 영향을 받은 것은 아니지만, 츠토무 씨. 알도렛 크로우에 오지 않으시겠나요? 츠토무 씨는 알도렛 크로우에 어울린다고 생각해요. 당신이 자신의 클랜을 만들겠다는 것은 들었지만……."

"솔직히 어울리는 편이라고는 생각해요."

츠토무는 「라이브 던전!」에서도 효율주의 클랜에 소속되어 있던 시기가 길었고, 자기 자신도 그런 것에 적합하다고 생각하고 있었다. 따라서 알도렛 크로우의 방침과도 맞을 것이고, 아마도 100층을 가장 빠르게 노린다면 들어가는 편이 효율은 좋을 것이다.

"예 맞아요! 츠토무 씨라면 틀림없이 어울릴 거예요! 꼭 들어와야 해요!"

"하지만 조금 마음에 걸리는 것이 있으니까, 아직 루크 씨에게
는 말하지 말아주세요. 만약 들어간다고 한다면 평범하게 이쪽에
서 신청할 테니까요."

"예! 검토해 주시는 것만으로도 기뻐요! 클랜 하우스의 견학 같
은 것도 가능하니까 꼭 들러주세요! 좋은 환경에서 던전 탐색을
할 수 있어요!"

"아하하, 그렇겠죠."

실제로 알도렛 크로우가 지금 상태로는 가장 효율이 좋은 클랜
이라는 것은 틀림없을 것이다. 60층도 돌파해서 스폰서도 붙은
덕분에 자금 모으기도 더욱 쉬워졌다. 아마도 알도렛 크로우에 들
어가면 츠토무도 금방 스폰서 계약 이야기가 들어올 것이다.

"마침 여기에 클랜 가입 신청서도 있어요! 자자, 어떠신가요!"

"들고 왔었나요. 권유할 마음이 가득하잖아요."

"당연하죠! 길드 직원이 되지 않는다면, 츠토무 씨는 꼭 알도렛
크로우에 들어와야 해요!"

스테파니가 하는 말은 옳다. 만약 클랜에 가입한다면 츠토무도
틀림없이 알도렛 크로우를 선택한다.

그리고 또 한 가지. 츠토무는 현재 솔리트 신문사의 배상금으로
돈이 제법 많으니까 그것을 써서 탐색자를 영입하는 방법도 있다.
미궁도시 말고도 왕도라는 거대한 도시가 있으니, 찾아보면 돈으
로 고용될 사람은 얼마든지 나올 것이다. 그쪽은 자신의 재량으로
할 수 있기 때문에 자유롭게 움직일 수가 있을 것이다.

"뭐, 길드 직원을 그만둘 때까지는 보류예요. 이건 안 가져갈 거예요."

"그, 그러신가요……. 결단은 빠를수록 좋은데요?"

"알고 있어요. 그럼 오늘은 잘 먹었어요. 앞으로도 힐러로서 활약하길 기대할게요."

"예! 열심히 할게요!"

츠토무는 스테파니에게 감사를 전한 뒤에 길드 기숙사로 돌아왔다.

있고 싶은 장소

길드장실로 가름과 에이미를 부른 카미유는, 사전에 준비해둔 두 사람의 사표를 들고 있었다. 하지만 그것은 두 사람에게 받은 것이 아니라 카미유가 준비한 것이다.

"둘 다 뭘 하는 것이냐. 정신 차려라."

카미유는 어이없다는 기색으로 안절부절못하는 가름과 에이미를 봤다. 두 사람이 츠토무와 파티를 짜고 나서부터 탐색자의 불꽃이 다시 타올랐던 것을 카미유는 알고 있다. 그래서 언제라도 길드 직원을 그만둘 수 있도록, 두 사람에게는 사전에 인수인계를 포함한 일을 배정해왔다.

하지만 이 두 사람은 아직도 츠토무에게 클랜에 가입하고 싶다는 것을 말하지 않은 모양이었다. 특히 에이미에게는 화룡전 전부터 말했던 만큼 카미유는 질책하는 듯한 눈으로 보고 있었다.

"그, 그게 어쩔 수 없잖아! 무서운걸! 내가 파티를 만들 수 있는 건 츠토무밖에 없다고! 만약 거절당한다면 내 탐색자 생명이 끝나버리잖아!"

"그러니까 괜찮다고 말하지 않았더냐."

"혹시나 모르잖아?! 무리, 무리, 무리! 무서워서 못 물어봐!"

심각한 얼굴로 머리를 부여잡고 있는 에이미를 보고, 카미유는 기가 막힌 모양이었다.

하지만 에이미는 과거 클랜에서 일어난 문제 때문에 트라우마가 생겼기 때문에, 만약 또 클랜 가입을 거절당한다고 상상하는 것만으로도 주체할 수가 없었다. 따라서 그렇게나 카미유가 괜찮다고 보증해도 츠토무에게 클랜에 관해 물을 수가 없었다.

"가름도 어째서 가지 않은 것이냐?"

"저는 아직, 당신이 거둔 은혜를 갚지 못했습니다."

"이미 은혜는 충분히 보답받았다. 그러니까 츠토무에게 가라."

"그 밖에도 이유는 있습니다."

가름은 츠토무가 방에서 클랜이라고 쓰인 용지에 막대한 금액을 썼고, 권유라는 문자도 있었던 것을 두 사람에게 알렸다. 그러자 에이미가 바로 소란을 떨기 시작했다.

"거봐! 역시 츠토무, 돈으로 강한 사람을 고용하려고 하잖아! 으앙~!"

"그러니까 그렇게 입맛에 잘 맞는 녀석이 없다고 했지 않으냐. 자기 실력 정도는 똑바로 파악해라. 너희보다 강하고 돈만으로 고용될 녀석은 없을 것이다."

"그래도, 츠토무가 그렇잖아! 츠토무 같은 딜러가 어딘가에 있을지도 모르잖아!"

"저도, 츠토무의 발목을 잡을 정도라면, 들어가지 않겠습니다."

"어이어이……."

광견이라고 불렸던 남자까지도 겁에 질리기 시작했다는 것에,

카미유는 그저 한심하다는 기색으로 한숨을 내쉬었다. 그리고 귀찮아졌는지 마침내 강행수잔을 꺼냈다.

"츠토무를 여기로 데리고 오겠다. 그걸로 확실해지겠지."

"뭐어?! 기다려 봐!"

"실느상님. 너무 성급합니다."

"에잇, 너희는 너무 어렵게 생각하는 거다. 나에게 맡기면 돼."

그리고 카미유는 가름과 에이미의 제지를 떨쳐내고, 사무를 보고 있던 츠토무를 길드장실로 데리고 왔다. 딱히 아무런 용건도 듣지 못하고 카미유에게 방으로 이끌려온 츠토무는 곤혹스러운 기색이었다.

"갑자기 무슨 일인가요?"

"실은 이 두 사람이 츠토, 무으읍!"

"아무것도 아니야! 아무것도 아니야, 츠토무!"

"이쪽 이야기다. 츠토무는 일하러 돌아가는 게 좋겠다."

에이미와 가름에게 입이 막힌 카미유는 웅얼웅얼 신음하고 있다. 두 사람이 길드장인 카미유에게 이런 일을 하고 있다는 것은 의외였는지, 츠토무는 살짝 눈을 크게 뜨고 그 모습을 보고 있었다.

"어, 뭔가요? 뭔가 문제라도 있나요?"

"용화."

카미유가 용화해서 두 사람을 떼어내 바닥에 자빠트리고, 콧소리를 내며 붉은 긴 머리카락을 쓸어넘겼다. 그리고 츠토무를 돌아보고 바로 말을 꺼냈다.

"츠토무는 임시 길드 직원을 그만두고 나서 클랜을 만든다고 했지?"

"아~, 예. 그럴 예정인데요."

"가름과 에이미도 츠토무가 만드는 클랜에 들어가고 싶다는 모양이다. 물론 받아주겠지?"

그것을 카미유가 말하고 만 것에 에이미는 겁먹은 듯이 고양이 귀를 막고 있었고, 가름은 긴장한 표정으로 바라보고 있었다. 그런 두 사람의 모습과 카미유의 말을 듣고 츠토무는 놀란 표정을 지었다.

"그런가요. 예, 물론 희망해 준다면 환영이죠."

"어⋯⋯?"

가벼운 느낌으로 승낙한 것에 에이미는 움직임을 딱 멈추고 츠토무를 재차 바라봤다. 저도 모르게 숨을 멈추고 있었던 가름도 안심한 듯이 숨을 내쉬었다. 하지만 납득은 하지 않았는지, 금방 입을 열었다.

"하지만 츠토무는 사람을 찾으려는 게 아니었나? 솔리트 신문사에서 받은 배상금으로 다른 사람을 권유하려던 것이 아니었나?"

"아니 아니 아니에요, 그런 일은 안 할 건데요."

"하지만 종이에 쓰지 않았었나. 권유한다고."

"종이? 아~, 응. 조금 이야기가 엇갈리는 거 같으니까 정리해 볼까요."

다가온 가름에게 츠토무도 곤혹스러운 표정을 지으며 손끝으로 머리를 톡톡 두드렸다.

▷▷

스테파니에게 알도렛 크로우에 권유받았던 날 밤. 츠토무는 모니터가 큰 상위 신대부터 거실 TV 정도의 크기까지 있는 하위 신대까지 보고 돌아다녔다.

'노력한 보람은, 있었으려나…….'

상위 신대에서는 알도렛 크로우와 금색의 선율이 화룡을 돌파한 영향인지, 3종 역할을 도입한 파티가 대부분이었다. 그리고 그 영향으로 하위 신대에도 그런 파티가 늘어났다. 길드에서도 신입이나 중견 탐색자를 대상으로 다양한 캠페인을 개최하고 있어, 초심자 영역도 성황인 모양이다.

이것으로 백마도사의 소생 특화 같은 행동은 개선될 것이다. 게다가 탱커라는 역할도 탄생해, 지금의 환경이라면 어느 직업이라도 최전선에 갈 수 있을 가능성이 생겼다. 츠토무가 신대를 보고 품었던 불만은 대체로 해소되었다.

'이제는 던전 공략인가…….'

원래 세계로 갈 단서를 찾아, 츠토무는 신의 던전을 공략하기 시작했다. 우선의 목표로 츠토무는 100층까지 공략을 생각하고 있지만, 이것은 아마도 길드 직원이 되면 달성이 어려워질 것이다. 어쨌든 공략 자체는 가능할지도 모르지만, 제일 먼저 100층에 도달할 수는 없다. 어쩌면 제일 먼저 공략해야 할지도 모른다는 가능성을 생각하면, 길드 직원이 되어서 던전 공략한다는 것은 있을 수 없다.

따라서 츠토무는 정식 길드 직원이 되지 않고, 자기가 클랜을 만들어 가장 먼저 100층을 목표로 삼으려 하고 있었다. 하지만 스스로 클랜을 만드는 것보다도 알도렛 크로우에 들어가는 편이 100층 공략은 빠른 기분도 들었다.

화룡전을 신대에서 보기로는 알도렛 크로우는 다양한 직업의 70레벨이 소속되어 있고, 실력주의인지라 1군에 올라갈 자신도 있다. 스테파니가 말한 대로 알도렛 크로우에 들어간다는 선택지도 있었다.

하지만 그 선택지를 지금의 츠토무는 고를 수가 없었다.

'아니란 말이지, 그건.'

츠토무가 「라이브 던전!」에서 처음 들어간 클랜은, 헤비 유저와 라이트 유저가 뒤섞여서 방향성을 알 수 없는 곳이었다. 하지만 초기에 만들어진 클랜에서, 그때는 그다지 효율에 차이는 나지 않았기 때문에 즐겁게 즐겼다.

하지만 1년이 지나자 클랜 안에서 잘하는 사람과 못하는 사람이 두드러지기 시작했다. 하지만 그래도 클랜 내부적으로는 평화로웠고, 츠토무도 그런 장소가 좋았다.

하지만 츠토무는 중견 정도의 힐러가 되었을 때 효율에 집착하고 말았다. 그리고 마지막에는 실력이 없는 클랜 멤버에게 싫증이나, 탈퇴를 말리는 것도 떨쳐내고 효율주의 클랜으로 이적했다.

효율주의 클랜은 츠토무의 성격에도 맞아 처음에는 굉장히 재미

있었다. 레이드나 던전 공략의 타임어택 등에서도 계속해서 1위를 차지해, 그 클랜의 이름이 널리 알려졌다. 하지만 시간이 지날수록 츠토무는 효율만 따지는 클랜에도 지쳐, 결국 마지막에는 그곳에서도 나와 직접 클랜을 만들었다.

어째서 그렇게 화기애애했던 처음 클랜을 나오고 말았는가 하고, 그 당시 츠토무는 후회했었다. 그래서 자기가 만든 클랜은 효율주의로 하지 않고, 츠토무가 처음에 들어갔던 클랜과 마찬가지로 누구라도 즐길 수 있는 장소로 하려고 생각했다.

하지만 초기 때와는 애초에 환경과 인구가 달랐다. 그리고 츠토무도 일개 초심자가 아니라, 정상급 백마도사로 유명해져 있었다. 그렇기 때문에 츠토무와 파티를 만들 목적으로 들어오는 헤비 유저와 느긋하게 즐기고 싶어서 들어온 라이트 유저가 뒤섞여, 결국 어느 것도 되지 못하고 붕괴되고 말았다.

'그때와 똑같단 말이지……'

아마 가름과 에이미를 잘라내고 알도렛 크로우 들어가면, 확실하게 후회하리라는 것은 뻔히 보였다. 하지만 길드 직원을 계속할 수도 없다. 따라서 츠토무가 새롭게 클랜을 만들어, 그곳에 가름과 에이미를 권유하는 것밖에 방법이 없다.

'하지만 길드 직원이란 말이지.'

길드 직원의 대우는 이 세계 안에서도 좋은 축에 속한다. 그것을 그만두게 하면서까지 자기 클랜으로 권유한다는 것도 츠토무로서는 솔직히 무서웠다. 츠토무는 두 사람을 책임지고 최소한 길드 직원과 비슷한 대우를 받게 하면서 데려올 수 있을지 불안했다.

신대에 나오는 영상을 멍하니 바라보며 츠토무는 가름과 에이미에 대해 생각했다. 애초에 럭키 보이라는 이름이 퍼져 아무도 파티를 해 주지 않았을 때, 가름과 에이미가 도와주지 않았다면 자신은 지금의 위치까지 기어오를 수 없었다.

그리고 에이미가 붙잡혔을 때도, 카미유가 협력해 주지 않았다면 솔리트 신문사를 상대하는 것도 불가능했다. 그러니까 츠토무는 은혜를 갚고 싶었고, 무엇보다 그런 세 사람과 파티를 맺고 던전을 공략하는 것이 즐거웠다.

'길드 직원을 그만두게 하는 거니까. 그보다 더 좋은 대우를 준비해야 해.'

앞으로도 가능하다면 가름, 에이미와 파티를 맺고 싶다. 하지만 두 사람 다 좋은 대우를 받는 길드 직원이고, 카미유는 길드장이라서 아마도 무리일 것이다. 하지만 그래도 츠토무는 세 사람과 파티를 만들고 싶다는 생각이 강했다. 그래서 설령 어떤 부담을 지게 되더라도 권해 볼 가치는 분명히 있다고 생각했다.

'일단은 솔리트 신문사의 배상금을 자본으로 해서…….'

그렇게 결심한 츠토무는 우선 가름과 에이미부터 권유하고자 생각해, 먼저 대우 측면을 고려하기 시작했다.

▷▷

"그러니까 뭐, 이런 느낌이라고 할까요……. 좋은 대우를 받는 길드 직원을 그만두게 하는 거니까, 저도 나름대로 좋은 대우를 준비해야겠다 싶어서요. 여러모로 생각했던 거예요. 가름이 말했던 권유라는 건 여러분을 말하는 거예요."

"그랬던 것인가……."

가름은 감명을 받은 것 같은 얼굴로 중얼거렸다. 귀를 막고 있던 에이미도 슬쩍 츠토무에게 다가갔다.

"나도, 클랜에 넣어줄 거야……?"

"대환영이에요. 물론 길드 일이 어느 정도 정리가 되고 난 뒤지만, 그 뒤라면 꼭 부탁드려요."

"기뻐……."

맥없이 바닥에 주저앉은 에이미는 안심해서인지 그대로 움직이지 않게 되었다. 츠토무는 그 눈앞에서 손을 흔든 뒤 반응이 없는 에이미에게서 카미유를 돌아봤다.

"카미유는…… 무리일까요."

"그래. 나는, 길드장이니까 말이지."

"그렇, 겠죠……."

아쉬운 듯이 시선을 내린 츠토무의 어깨를 카미유는 안심시키듯이 톡톡 두드렸다.

"가끔은 그쪽으로 놀러 가기도 하겠지. 그러니까 츠토무, 두 사람을 부탁한다."

"물론이에요. 슬슬 권유하려고 생각해서, 자금은 이미 전부 빼놨으니까요. 적어도 1년은 길드 직원보다 좋은 대우를 약속할 수 있고, 그 뒤의 방침도 정해두었어요."

츠토무는 세 사람을 설득하려고 작성했던 자료와 대량의 자금을 매직백에서 턱 꺼냈다. 그 양에 카미유가 질겁하자 츠토무는 검지를 세웠다.

"제 클랜은 최종적으로 1등을 목표로 할 거예요."

"그렇다는 것은 흑마단도 제치는 것이냐?"

"당연하죠. 목표는 1등. 게다가 가름과 에이미가 들어와 준다면 틀림없이 가능해요. 최고의 탱커에 최고의 딜러. 그리고 힐러인 제가 있으니까 적은 없어요."

"그렇다는구나. 정말, 걱정이 너무 많아. 너희는."

카미유는 용화를 풀고 망연해하는 두 사람에게 말을 걸었다.

"게다가 두 사람과 함께하는 건 재미있으니까요. 결국은 그게 전부예요."

결국 츠토무는 「라이브 던전!」에서도 그 결론에 도달했다. 아무리 효율이 좋아도 재미가 없으면 의미가 없다. 그 사실을, 츠토무는 잃고 나서 깨달았다.

그리고 그렇게 잃어버렸던 마음을 가름과 에이미가 떠올리게 해 주었다.

"그러니까 괜찮다면 앞으로도 함께 파티를 맺어서 던전을 공략해요. 두 사람과 함께라면 저는 어디까지라도 갈 수 있으니까요."

"그렇군. 나도 같은 마음이다."

가름은 진지한 모습으로 츠토무에게 동의했다. 간신히 정신을 차린 에이미도 일어나며 츠토무를 마주 바라봤다.

"이 녀석과 같은 의견인 건 마음에 들지 않지만, 나도 츠토무와 함께라면 어디까지고 따라갈 거야!"

"너는 필요 없지만 말이다."

"내가 할 말인데."

"슬슬 사이좋게 지내줘요……."

다시 티격태격하는 두 사람을 보고 츠토무가 어이없다는 표정을 지었다. 하지만 그런 변함없는 두 사람을 보고 츠토무는 싱글거리며 웃고 손을 내밀었다.

"그러면, 일이 정리가 되면 꼭 제 클랜에 와주세요. 책임은 열심히 질테니까요."

"그래."

"응!"

그렇게 말하고 츠토무는 가름, 에이미와 악수를 나눴다. 그리고 며칠 뒤 츠토무, 가름, 에이미를 멤버로 한, 무한의 고리라는 클랜이 결성되었다.

후기

  dy레이토입니다. 「라이브 던전! 3 공주와 폐인」 어떠셨습니까. 이번에는 글을 잘 고쳤다고 여긴 만큼, 즐겁게 봐주셨다면 기쁘겠습니다. 그 유니스가, 이렇게 되었습니다.

  바쁜 와중에 아슬아슬할 때까지 개고에 어울려 주셨던 담당 편집님. 도중부터 개고가 상당했습니다만, 마감을 조정해 주셔서 감사했습니다. 덕분에 3권은 만족스러운 완성도가 되었습니다. 지난번에 이어서 멋진 일러스트를 그려주신 Mika Pikazo 씨. 특히 스테파니의 일러스트는 설정과 맞아 떨어져서 매우 좋았습니다. 감사드립니다. 원고수정을 해 주셨던 교정자님. 여러모로 지적해 주셔서 참고가 되었습니다. 감사합니다.

  마지막으로 3권을 찾아주신 독자 여러분. 감사드립니다. 다시 기회가 있다면 어디선가 만날 것을 기대하면서, 이쯤에서 팬을 놓겠습니다.

라이브 던전! 3 공주와 폐인

2023년 11월 15일 제1판 인쇄
2023년 11월 20일 제1판 발행

지음 dy레이토
일러스트 Mika Pikazo

발행 영상출판미디어(주)
등록번호 제 2002-000003호
주소 07551 서울특별시 강서구 양천로 570 NH서울타워 19층
대표전화 02-2013-5665

ISBN 979-11-380-3600-9
ISBN 979-11-380-3049-6 (세트)

LIVE DUNGEON! Vol.3:HIME TO HAIJIN
ⓒdyreitou, Mika Pikazo 2017
First published in Japan in 2017 by KADOKAWA CORPORATION, Tokyo.
Korean translation rights arranged with KADOKAWA CORPORATION, Tokyo.